POMBA ENAMORADA
ou *Uma história de amor*
e outros contos escolhidos

Lygia Fagundes Telles

POMBA ENAMORADA
ou *Uma história de amor*
e outros contos escolhidos

Seleção de LÉA MASINA

www.lpm.com.br
L&PM POCKET

Coleção **L&PM** Pocket, vol. 150

Primeira edição na Coleção **L&PM** POCKET: janeiro de 1999
Esta reimpressão: agosto de 2009

Os contos que compõem esta antologia foram selecionados da obra de Lygia Fagundes Telles, toda ela publicada pela Editora Rocco.

capa: Ivan Pinheiro Machado sobre desenho de Pablo Picasso
    (1881-1973), *Pomba azul com flores*.
revisão: Luciana H. Balbueno e Cláudia Laitano

ISBN 978-85-254-0954-9

T269p Telles, Lygia Fagundes
         Pomba enamorada ou Uma história de amor e outros
      contos escolhidos / Lygia Fagundes Telles – Porto Alegre:
      L&PM, 2009.
         176 p. ; 18 cm. – (Coleção L&PM Pocket)

      1. Ficção brasileira-contos. I.Título. II.Série.

                                    CDD 869.931
                                    CDU869.0(81)-34

       Catalogação elaborada por Izabel A. Merlo, CRB 10/329

© Lygia Fagundes Telles, 1999

Todos os direitos desta edição reservados a L&PM Editores
Rua Comendador Coruja 314, loja 9 – Floresta – 90220-180
Porto Alegre – RS – Brasil / Fone: 51.3225.5777

PEDIDOS & DEPTO. COMERCIAL: vendas@lpm.com.br
FALE CONOSCO: info@lpm.com.br
www.lpm.com.br

Impresso no Brasil
Inverno de 2009

SUMÁRIO

Apresentação – *Léa Masina* / 7

Antes do baile verde / 9

A caçada / 21

O jardim selvagem / 28

Natal na barca / 38

A ceia / 45

Venha ver o pôr-do-sol / 60

As pérolas / 72

O menino / 84

As formigas / 95

Tigrela / 105

Herbarium / 114

Pomba enamorada
ou Uma história de amor / 123

Lua crescente em Amsterdã / 132

A estrutura da bolha de sabão / 139

História de passarinho / 146

Dolly / 150

APRESENTAÇÃO

*Léa Masina**

Com a publicação de *Antes do baile verde,* em 1970, Lygia Fagundes Telles tornou-se um dos contistas mais expressivos do século vinte no Brasil. Em seus contos lêem-se as transformações que afetam a classe média brasileira a partir dos anos cinqüenta e, mais especificamente, no período da ditadura militar. Coincidindo com o avanço da Psicanálise nos centros urbanos, sua obra tematiza as angústias, os desencontros, as misérias humanas, com ênfase à violência nas relações sociais mais próximas: amorosas e familiares. A qualidade literária desses contos, em imagens visuais, sugere que a literatura é também uma forma de incursão nas almas e, catarticamente, um lenitivo para os conflitos individuais.

É sobre desajustes e desencontros que Lygia constrói seu universo ficcional. Seus contos, porém, não se restringem a documentar as vidas privadas da burguesia urbana. Trabalhando as emoções com a força da palavra, ela sofisticou a forma para criar um mundo em que os limites entre o vivido e o imaginado se confundem e tocam as dimensões do onírico.

---

* Léa Masina é doutora em Letras, professora adjunta no Instituto de Letras da UFRGS, bacharel em Direito e crítica literária.

Escolher alguns dentre tantos contos perfeitos é uma forma de homenagear a quem alimentou, através da palavra escrita, os anseios, as expectativas e as fantasias de, no mínimo, três gerações de leitores.

ANTES DO BAILE VERDE

O rancho azul e branco desfilava com seus passistas vestidos à Luís XV e sua porta-estandarte de peruca prateada em forma de pirâmide, os cachos desabados na testa, a cauda do vestido de cetim arrastando-se enxovalhada pelo asfalto. O negro do bumbo fez uma profunda reverência diante das duas mulheres debruçadas na janela e prosseguiu com seu chapéu de três bicos, fazendo rodar a capa encharcada de suor.

– Ele gostou de você – disse a jovem, voltando-se para a mulher que ainda aplaudia. – O cumprimento foi na sua direção, viu que chique?

A preta deu uma risadinha.

– Meu homem é mil vezes mais bonito, pelo menos na minha opinião. E já deve estar chegando, ficou de me pegar às dez na esquina. Se me atraso, ele começa a encher a caveira e pronto, não sai mais nada.

A jovem tomou-a pelo braço e arrastou-a até a mesa-de-cabeceira. O quarto estava revolvido como se um ladrão tivesse passado por ali e despejado caixas e gavetas.

– Estou atrasadíssima, Lu! Essa fantasia é fogo... Tenha paciência, mas você vai me ajudar um pouquinho.

– Mas você ainda não acabou?

Sentando-se na cama, a jovem abriu sobre os joelhos o saiote verde. Usava biquíni e meias rendadas também verdes.

– Acabei o quê! falta pregar tudo isso ainda, olha aí... Fui inventar um raio de pierrete dificílima!

A preta aproximou-se, alisando com as mãos o quimono de seda brilhante. Espetado na carapinha trazia um crisântemo de papel crepom vermelho. Sentou-se ao lado da moça.

– O Raimundo já deve estar chegando, ele fica uma onça se me atraso. A gente vai ver os ranchos, hoje quero ver todos.

– Tem tempo, sossega – atalhou a jovem. Afastou os cabelos que lhe caíam nos olhos. Levantou o abajur que tombou na mesinha. – Não sei como fui me atrasar desse jeito.

– Mas não posso perder o desfile, viu, Tatisa? Tudo, menos perder o desfile!

– E quem está dizendo que você vai perder?

A mulher enfiou o dedo no pote de cola e baixou-o de leve nas lantejoulas do pires. Em seguida, levou o dedo até o saiote e ali deixou as lantejoulas formando uma constelação desordenada. Colheu uma lantejoula que escapara e delicadamente tocou com ela na cola. Depositou-a no saiote, fixando-a com pequenos movimentos circulares.

– Mas se tiver que pregar as lantejoulas em todo o saiote...

– Já começou a queixação? Achei que dava tempo e agora não posso largar a coisa pela metade, vê se entende! Você ajudando vai num instante, já me pintei, olha aí, que tal minha cara? Você nem disse nada, sua bruxa! Hein?... Que tal?

— Ficou bonito, Tatisa. Com o cabelo assim verde, você está parecendo uma alcachofra, tão gozado. Não gosto é desse verde na unha, fica esquisito.

Num movimento brusco, a jovem levantou a cabeça para respirar melhor. Passou o dorso da mão na face afogueada.

— Mas as unhas é que dão a nota, sua tonta. É um baile verde, as fantasias têm que ser verdes, tudo verde. Mas não precisa ficar me olhando, vamos, não pare, pode falar, mas vá trabalhando. Falta mais da metade, Lu!

— Estou sem óculos, não enxergo direito sem os óculos.

— Não faz mal — disse a jovem, limpando no lençol o excesso de cola que lhe escorreu pelo dedo. — Vá grudando de qualquer jeito que lá dentro ninguém vai reparar, vai ter gente à beça. O que está me endoidando é este calor, não agüento mais, tenho a impressão de que estou me derretendo, você não sente? Calor bárbaro!

A mulher tentou prender o crisântemo que resvalara para o pescoço. Franziu a testa e baixou o tom de voz.

— Estive lá.

— E daí?

— Ele está morrendo.

Um carro passou na rua, buzinando freneticamente. Alguns meninos puseram-se a cantar aos gritos, o compasso marcado pelas batidas numa frigideira: *A coroa do rei não é de ouro nem de prata...*

— Parece que estou num forno — gemeu a jovem, dilatando as narinas porejadas de suor. — Se soubesse, teria inventado uma fantasia mais leve.

— Mais leve do que isso? Você está quase nua, Tatisa. Eu ia com a minha havaiana, mas só porque aparece um pedaço da coxa o Raimundo implica. Imagine você então...

Com a ponta da unha, Tatisa colheu uma lantejoula que se enredara na renda da meia. Deixou-a cair na pequena constelação que ia armando na barra do saiote e ficou raspando pensativamente um pingo ressequido de cola que lhe caíra no joelho. Vagava o olhar pelos objetos, sem fixar-se em nenhum. Falou num tom sombrio:

— Você acha, Lu?

— Acha o quê?

— Que ele está morrendo?

— Ah, está sim. Conheço bem isso, já vi um monte de gente morrer, agora já sei como é. Ele não passa desta noite.

— Mas você já se enganou uma vez, lembra? Disse que ele ia morrer, que estava nas últimas... E no dia seguinte ele já pedia leite, radiante.

— Radiante? – espantou-se a empregada. Fechou num muxoxo os lábios pintados de vermelho-violeta. – E depois, eu não disse não senhora que ele ia morrer, eu disse que ele estava ruim, foi o que eu disse. Mas hoje é diferente, Tatisa. Espiei da porta, nem precisei entrar para ver que ele está morrendo.

— Mas quando fui lá ele estava dormindo tão calmo, Lu.

— Aquilo não é sono. É outra coisa.

Afastando bruscamente o saiote aberto nos joelhos, a jovem levantou-se. Foi até a mesa, pegou a garrafa de uísque e procurou um copo em meio da desordem dos frascos e caixas. Achou-o debaixo da esponja de arminho. Soprou o fundo cheio de pó-de-arroz e bebeu em largos goles, apertando os maxilares. Respirou de boca aberta. Dirigiu-se à preta.

– Quer?

– Tomei muita cerveja, se misturo dá ânsia.

A jovem despejou mais uísque no copo.

– Minha pintura não está derretendo? Veja se o verde dos olhos não borrou... Nunca transpirei tanto, sinto o sangue ferver.

– Você está bebendo demais. E nessa correria... Também não sei por que essa invenção de saiote bordado, as lantejoulas vão se desgrudar todas no aperto. E o pior é que não posso caprichar, com o pensamento no Raimundo lá na esquina...

– Você é chata, não, Lu? Mil vezes fica repetindo a mesma coisa, taque-taque-taque-taque! Esse cara não pode esperar um pouco?

A mulher não respondeu. Ouvia com expressão deliciada a música de um bloco que passava já longínquo. Cantarolou em falsete: *Acabou chorando... acabou chorando...*

– No outro carnaval entrei num bloco de *sujos* e me diverti à grande. Meu sapato até desmanchou de tanto que dancei.

– E eu na cama, podre de gripe, lembra? Neste quero me esbaldar.

– E seu pai?

Lentamente a jovem foi limpando no lenço as pontas dos dedos esbranquiçados de cola. Tomou um gole de uísque. Voltou a afundar o dedo no pote.

– Você quer que eu fique aqui chorando, não é isso que você quer? Quer que eu cubra a cabeça com cinza e fique de joelhos rezando, não é isso que você está querendo? – Ficou olhando para a ponta do dedo coberto de lantejoulas. Foi deixando no saiote o dedal cintilante. – Que é que eu posso fazer? Não sou Deus, sou? Então? Se ele está pior, que culpa tenho eu?

– Não estou dizendo que você é culpada, Tatisa. Não tenho nada com isso, ele é seu pai, não meu. Faça o que bem entender.

– Mas você começa a dizer que ele está morrendo!

– Pois está mesmo.

– Está nada! Também espiei, ele está dormindo, ninguém morre dormindo daquele jeito.

– Então não está.

A jovem foi até a janela e ofereceu a face ao céu roxo. Na calçada, um bando de meninos brincava com bisnagas de plástico em formato de banana, esguichando água um na cara do outro. Interromperam a brincadeira para vaiar um homem que passou vestido de mulher, pisando para fora nos sapatos de saltos altíssimos. "Minha lindura, vem comigo, minha lindura!" – gritou o moleque maior, correndo atrás do homem. Ela assistia à cena com indiferença. Puxou com força as meias presas aos elásticos do biquíni.

– Estou transpirando feito um cavalo. Juro que se não tivesse me pintado, me metia agora num chuveiro, besteira a gente se pintar antes.

– E eu não agüento mais de sede – resmungou a empregada, arregaçando as mangas do quimono. – Ai! uma cerveja bem geladinha. Gosto mesmo é de cerveja, mas o Raimundo prefere cachaça. No ano passado, ele ficou de porre os três dias, fui sozinha no desfile. Tinha um carro que foi o mais bonito de todos, representava um mar. Você precisava ver aquele monte de sereias enroladas em pérolas. Tinha pescador, tinha pirata, tinha polvo, tinha tudo! Bem lá em cima, dentro de uma concha abrindo e fechando, a rainha do mar coberta de jóias...

– Você já se enganou uma vez – atalhou a jovem.

– Ele não pode estar morrendo, não pode. Também estive lá antes de você, ele estava dormindo tão sossegado. E hoje cedo até me reconheceu, ficou me olhando, me olhando e depois sorriu. Você está bem papai?, perguntei e ele não respondeu mas vi que entendeu perfeitamente o que eu disse.

– Ele se fez de forte, coitado.

– De forte, como?

– Sabe que você tem o seu baile, não quer atrapalhar.

– Ih, como é difícil conversar com gente ignorante – explodiu a jovem, atirando no chão as roupas amontoadas na cama. Revistou os bolsos de uma calça comprida. – Você pegou meu cigarro?

– Tenho minha marca, não preciso dos seus.

– Escuta, Luzinha, escuta – começou ela, ajeitando a flor na carapinha da mulher. – Eu não estou inventando, tenho certeza de que ainda hoje cedo ele me reconheceu. Acho que nessa hora sentiu alguma dor porque uma lágrima foi escorrendo daquele lado paralisado. Nunca vi ele chorar daquele lado, nunca. Chorou só daquele lado, uma lágrima tão escura.

– Ele estava se despedindo.

– Lá vem você de novo, merda! Pare de bancar o corvo, até parece que você quer que seja hoje. Por que tem que repetir isso, por quê?

– Você mesmo pergunta e não quer que eu responda. Não vou mentir, Tatisa.

A jovem espiou debaixo da cama. Puxou um pé de sapato. Agachou-se mais, roçando os cabelos verdes no chão. Levantou-se, olhou em redor. E foi-se ajoelhando devagarinho diante da preta. Apanhou o pote de cola

— E se você desse um pulo lá só para ver?

— Mas você quer ou não que eu acabe isto? — a mulher gemeu exasperada, abrindo e fechando os dedos ressequidos de cola. — O Raimundo tem ódio de esperar, hoje ainda apanho!

A jovem levantou-se. Fungou, andando rápido num andar de bicho na jaula. Chutou o sapato que encontrou no caminho.

— Aquele médico miserável. Tudo culpa daquela bicha. Eu bem disse que não podia ficar com ele aqui em casa, eu disse que não sei tratar de doente, não tenho jeito, não posso! Se você fosse boazinha, você me ajudava, mas você não passa de uma egoísta, uma chata que não quer saber de nada. Sua egoísta!

— Mas Tatisa, ele não é meu pai, não tenho nada com isso, até que ajudo muito sim senhora, como não? Todos esses meses quem é que tem agüentado o tranco? Não me queixo porque ele é muito bom, coitado. Mas tenha a santa paciência, hoje não! Já estou fazendo demais aqui plantada quando devia estar na rua.

Com um gesto fatigado, a jovem abriu a porta do armário. Olhou-se no espelho. Beliscou a cintura.

— Engordei, Lu.

— Você, gorda? Mas você é só osso, menina. Seu namorado não tem onde pegar. Ou tem?

Ela ensaiou com os quadris um movimento lascivo. Riu. Os olhos animaram-se:

— Lu, Lu, pelo amor de Deus, acabe logo que à meia-noite ele vem me buscar. Mandou fazer um pierrô verde.

— Também já me fantasiei de pierrô. Mas faz tempo.

— Vem num Tufão, viu que chique?

— Que é isso?

— É um carro muito bacana, vermelho. Mas não fique aí me olhando, depressa, Lu, você não vê que... — Passou ansiosamente a mão no pescoço. — Lu, Lu, por que ele não ficou no hospital?! Estava tão bem no hospital...

— Hospital de graça é assim mesmo, Tatisa. Eles não podem ficar a vida inteira com um doente que não resolve, tem doente esperando até na calçada.

— Há meses que venho pensando nesse baile. Ele viveu sessenta e seis anos. Não podia viver mais um dia?

A preta sacudiu o saiote e examinou-o a uma certa distância. Abriu-o de novo no colo e inclinou-se para o pires de lantejoulas.

— Falta só um pedaço.

— Um dia mais...

— Vem me ajudar, Tatisa, nós duas pregando vai num instante.

Agora ambas trabalhavam num ritmo acelerado, as mãos indo e vindo do pote de cola ao pires e do pires ao saiote, curvo como uma asa verde, pesada de lantejoulas.

— Hoje o Raimundo me mata — recomeçou a mulher, grudando as lantejoulas meio ao acaso. Passou o dorso da mão na testa molhada. Ficou com a mão parada no ar. — Você não ouviu?

A jovem demorou para responder.
– O quê?
– Parece que ouvi um gemido.
Ela baixou o olhar.
– Foi na rua.
Inclinaram as cabeças irmanadas sob a luz amarela do abajur.
– Escuta, Lu, se você pudesse ficar hoje, só hoje, começou ela num tom manso. Apressou-se: – Eu te daria meu vestido branco, aquele meu branco, sabe qual é? E também os sapatos, estão novos ainda, você sabe que eles estão novos. Você pode sair amanhã, você pode sair todos os dias, mas pelo amor de Deus, Lu, fica hoje!

A empregada empertigou-se, triunfante.
– Custou, Tatisa, custou. Desde o começo eu já estava esperando. Ah, mas hoje nem que me matasse eu ficava, hoje não. – O crisântemo caiu enquanto ela sacudia a cabeça. Prendeu-o com um grampo que abriu entre os dentes. – Perder esse desfile? Nunca! Já fiz muito – acrescentou, sacudindo o saiote. – Pronto, pode vestir. Está um serviço porco, mas ninguém vai reparar.

– Eu podia te dar o casaco azul – murmurou a jovem, limpando os dedos no lençol.

– Nem que fosse para ficar com meu pai eu ficava, ouviu isso, Tatisa? Nem com meu pai, hoje não.

Levantando-se de um salto, a moça foi até a garrafa e bebeu de olhos fechados mais alguns goles. Vestiu o saiote.

– Brrrr! Esse uísque é uma bomba – resmungou, aproximando-se do espelho. – Anda, venha aqui me abotoar, não precisa ficar aí com essa cara. Sua chata.

A mulher tateou os dedos por entre o tule.

– Não acho os colchetes.

A jovem ficou diante do espelho, as pernas abertas, a cabeça levantada. Olhou para a mulher, através do espelho:

– Morrendo coisa nenhuma, Lu. Você estava sem os óculos quando entrou no quarto, não estava? Então não viu direito, ele estava dormindo.

– Pode ser que me enganasse mesmo.

– Claro que se enganou. Ele estava dormindo.

A mulher franziu a testa, enxugando na manga do quimono o suor do queixo. Repetiu como um eco:

– Estava dormindo, sim.

– Depressa, Lu, faz uma hora que está com esses colchetes!

– Pronto – disse a outra, baixinho, enquanto recuava até a porta. – Não precisa mais de mim, não é?

– Espera! – ordenou a moça, perfumando-se rapidamente. Retocou os lábios, atirou o pincel ao lado do vidro destapado. – Já estou pronta, vamos descer juntas.

– Tenho que ir, Tatisa!

– Espera, já disse que estou pronta – repetiu, baixando a voz. – Só vou pegar a bolsa...

– Você vai deixar a luz acesa?

– Melhor, não? A casa fica mais alegre assim.

No topo da escada ficaram mais juntas. Olharam na mesma direção: a porta estava fechada. Imóveis como se tivessem sido petrificadas na fuga, as duas mulheres ficaram ouvindo o relógio da sala. Foi a preta quem primeiro se moveu. A voz era um sopro:

– Quer ir dar uma espiada, Tatisa?

– Vá você, Lu...

Trocaram um rápido olhar. Bagas de suor escorriam pelas têmporas verdes da jovem, um suor turvo como o sumo de uma casca de limão. O som prolongado de uma buzina foi-se fragmentando lá fora. Subiu poderoso o som do relógio. Brandamente a empregada desprendeu-se da mão da jovem. Foi descendo a escada na ponta dos pés. Abriu a porta da rua.

– Lu! Lu! – a jovem chamou num sobressalto. Continha-se para não gritar. – Espera aí, já vou indo!

E apoiando-se ao corrimão, colada a ele, desceu precipitadamente. Quando bateu a porta atrás de si, rolaram pela escada algumas lantejoulas verdes na mesma direção, como se quisessem alcançá-la.

A CAÇADA

A loja de antigüidades tinha o cheiro de uma arca de sacristia com seus panos embolorados e livros comidos de traça. Com as pontas dos dedos, o homem tocou numa pilha de quadros. Uma mariposa levantou vôo e foi chocar-se contra uma imagem de mãos decepadas.

– Bonita imagem – disse ele.

A velha tirou um grampo do coque e limpou a unha do polegar. Tornou a enfiar o grampo no cabelo.

– É um São Francisco.

Ele então voltou-se lentamente para a tapeçaria que tomava toda a parede do fundo da loja. Aproximou-se mais. A velha aproximou-se também.

– Já vi que o senhor se interessa mesmo é por isso... Pena que esteja nesse estado.

O homem estendeu a mão até a tapeçaria mas não chegou a tocá-la.

– Parece que hoje está mais nítida...

– Nítida? – repetiu a velha pondo os óculos. Deslizou a mão pela superfície puída. – Nítida, como?

– As cores estão mais vivas. A senhora passou alguma coisa nela?

A velha encarou-o. E baixou o olhar para a imagem de mãos decepadas. O homem estava tão pálido e perplexo quanto a imagem.

– Não passei nada. Por que o senhor pergunta?
– Notei uma diferença.
– Não, não passei nada, essa tapeçaria não agüenta a mais leve escova, o senhor não vê? Acho que é a poeira que está sustentando o tecido – acrescentou, tirando o grampo novamente da cabeça. Rodou-o entre os dedos com ar pensativo. Teve um muxoxo:
– Foi um desconhecido que trouxe, precisava muito de dinheiro. Eu disse que o pano estava por demais estragado, que era difícil encontrar um comprador mas ele insistiu tanto... Preguei na parede e aí ficou. Mas já faz anos isso. E o tal moço nunca mais apareceu.
– Extraordinário...

A velha não sabia agora se o homem se referia à tapeçaria ou ao caso que acabara de lhe contar. Encolheu os ombros. Voltou a limpar as unhas com o grampo.

– Eu poderia vendê-la, mas quero ser franca, acho que não vale mesmo a pena. Na hora que se despregar, é capaz de cair em pedaços.

O homem acendeu um cigarro. Sua mão tremia. Em que tempo, meu Deus! Em que tempo teria assistido a essa mesma cena. E onde?...

Era uma caçada. No primeiro plano, estava o caçador de arco retesado, apontando para uma touceira espessa. Num plano mais profundo, o segundo caçador espreitava por entre as árvores do bosque, mas esta era apenas uma vaga silhueta, cujo rosto se reduzira a um esmaecido contorno. Poderoso, absoluto era o primeiro caçador, a barba violenta como um bolo de serpentes, os músculos tensos, à espera de que a caça levantasse para desferir-lhe a seta.

O homem respirava com esforço. Vagou o olhar pela tapeçaria que tinha a cor esverdeada de um céu de tempestade. Envenenando o tom verde-musgo do tecido, destacavam-se manchas de um negro-violáceo e que pareciam escorrer da folhagem, deslizar pelas botas do caçador e espalhar-se pelo chão como um líquido maligno. A touceira na qual a caça estava escondida também tinha as mesmas manchas e que tanto podiam fazer parte do desenho como ser simples efeito do tempo devorando o pano.

– Parece que hoje tudo está mais próximo – disse o homem em voz baixa. – É como se... Mas não está diferente?

A velha firmou mais o olhar. Tirou os óculos e voltou a pô-los.

– Não vejo diferença nenhuma.

– Ontem não se podia ver se ele tinha ou não disparado a seta.

– Que seta? O senhor está vendo alguma seta?

– Aquele pontinho ali no arco...

A velha suspirou:

– Mas esse não é um buraco de traça? Olha aí, a parede já está aparecendo, essas traças dão cabo de tudo – lamentou, disfarçando um bocejo. Afastou-se sem ruído com suas chinelas de lã. Esboçou um gesto distraído: – Fique aí à vontade, vou fazer meu chá.

O homem deixou cair o cigarro. Amassou-o devagarinho na sola do sapato. Apertou os maxilares numa contração dolorosa. Conhecia esse bosque, esse caçador, esse céu – conhecia tudo tão bem, mas tão bem! Quase sentia nas narinas o perfume dos eucaliptos, quase sentia morder-lhe a pele o frio úmido da madrugada, ah, essa madrugada! Quando? Percorrera aquela mesma vereda, aspirara aquele mesmo vapor, que baixava denso do céu verde... Ou subia do chão? O caçador de barba encaracolada parecia sorrir perversamente embuçado. Teria sido esse caçador? Ou o companheiro lá adiante, o homem sem cara espiando por entre as árvores? Uma personagem de tapeçaria. Mas qual? Fixou a touceira onde a caça estava escondida. Só folhas, só silêncio e folhas empastadas na sombra. Mas detrás das folhas, através das manchas pressentia o vulto arquejante da caça. Compadeceu-se daquele ser em pânico, à espera de uma oportunidade para prosseguir fugindo. Tão próxima a morte! O mais leve movimento que fizesse, e a seta... A velha não a distinguira, ninguém poderia percebê-la, reduzida como estava a um pontinho carcomido, mais pálido do que um grão de pó em suspensão no arco.

Enxugando o suor das mãos, o homem recuou alguns passos. Vinha-lhe agora uma certa paz, agora que sabia ter feito parte da caçada. Mas essa era uma paz sem vida, impregnada dos mesmos coágulos traiçoeiros da folhagem. Cerrou os olhos. E se tivesse sido o pintor que fez o quadro? Quase todas as antigas tapeçarias eram reproduções de quadros, pois não eram? Pintara o quadro original e por isso podia reproduzir, de olhos fechados, toda a cena nas suas minúcias: o contorno das árvores, o céu sombrio, o caçador de barba esgrouvinhada, só músculos e nervos apontando para a touceira... Mas se detesto caçadas! Por que tenho que estar aí dentro?

Apertou o lenço contra a boca. A náusea. Ah, se pudesse explicar toda essa familiaridade medonha, se pudesse ao menos... E se fosse um simples espectador casual, desses que olham e passam? Não era uma hipótese? Podia ainda ter visto o quadro no original, a caçada não passava de uma ficção. "Antes do aproveitamento da tapeçaria..." – murmurou, enxugando os vãos dos dedos no lenço.

Atirou a cabeça para trás como se o puxassem pelos cabelos, não, não ficara do lado de fora, mas lá dentro, encravado no cenário! E por que tudo parecia mais nítido do que na véspera, por que as cores estavam mais fortes apesar da penumbra? Por que o fascínio que se desprendia da paisagem vinha agora assim vigoroso, rejuvenescido?

Saiu de cabeça baixa, as mãos encolhidas no fundo dos bolsos. Parou meio ofegante na esquina. Sentiu o corpo moído, as pálpebras pesadas. E se fosse dormir? Mas sabia que não poderia dormir, desde já sentia a insônia a segui-lo na mesma marcação da sua sombra. Levantou a gola do paletó. Era real esse frio? Ou a lembrança do frio da tapeçaria? Que loucura!... E não estou louco, concluiu num sorriso desamparado. Seria uma solução fácil. Mas não estou louco.

Vagou pelas ruas, entrou num cinema, saiu em seguida e quando deu acordo de si, estava diante da loja de antigüidades, o nariz achatado na vitrina, tentando vislumbrar a tapeçaria lá no fundo.

Quando chegou em casa, atirou-se de bruços na cama e ficou de olhos escancarados, fundidos na escuridão. A voz tremida da velha parecia vir de dentro do travesseiro, uma voz sem corpo, metida em chinelas de lã: "Que seta? Não estou vendo nenhuma seta..." Misturando-se à voz, veio vindo o murmurejo das traças em meio de risadinhas. O algodão abafava as risadas que se entrelaçaram numa rede esverdinhada, compacta, apertando-se num tecido com manchas que escorreram até o limite da tarja. Viu-se enredado nos fios e quis fugir, mas a tarja o aprisionou nos seus braços. No fundo, lá no fundo do fosso podia distinguir as serpentes enleadas num nó verde-negro. Apalpou o queixo. Sou o caçador? Mas ao invés da barba encontrou a viscosidade do sangue.

Acordou com o próprio grito que se estendeu dentro da madrugada. Enxugou o rosto molhado de suor. Ah, aquele calor e aquele frio! Enrolou-se nos lençóis. E se fosse o artesão que trabalhou na tapeçaria? Podia revê-la, tão nítida, tão próxima que, se estendesse a mão, despertaria a folhagem. Fechou os punhos. Haveria de destruí-la, não era verdade que além daquele trapo detestável havia alguma coisa mais, tudo não passava de um retângulo de pano sustentado pela poeira. Bastava soprá-la, soprá-la!

Encontrou a velha na porta da loja. Sorriu irônica:

– Hoje o senhor madrugou.

– A senhora deve estar estranhando...

– Já não estranho mais nada, moço. Pode entrar, pode entrar, o senhor conhece o caminho.

Conheço o caminho – murmurou, seguindo lívido por entre os móveis. Parou. Dilatou as narinas. E aquele cheiro de folhagem e terra, de onde vinha aquele cheiro? E por que a loja foi ficando embaçada, lá longe? Imensa, real só a tapeçaria a se alastrar sorrateiramente pelo chão, pelo teto, engolindo tudo com suas manchas esverdinhadas. Quis retroceder, agarrou-se a um armário, cambaleou resistindo ainda e estendeu os braços até a coluna. Seus dedos afundaram por entre galhos e resvalaram pelo tronco de uma árvore, não era uma coluna, era uma árvore! Lançou em volta um olhar esgazeado: penetrara na tapeçaria, estava dentro do bosque, os pés pesados de lama, os cabelos empastados de orvalho. Em redor, tudo parado. Estático. No silêncio da madrugada, nem o piar de um pássaro, nem o farfalhar de uma folha. Inclinou-se arquejante. Era o caçador? Ou a caça? Não importava, não importava, sabia apenas que tinha que seguir correndo sem parar por entre as árvores, caçando ou sendo caçado. Ou sendo caçado? Comprimiu as palmas das mãos contra a cara esbraseada, enxugou no punho da camisa o suor que lhe escorria pelo pescoço. Vertia sangue o lábio gretado.

Abriu a boca. E lembrou-se. Gritou e mergulhou numa touceira. Ouviu o assobio da seta varando a folhagem, a dor!

– Não... – gemeu, de joelhos. Tentou ainda agarrar-se à tapeçaria. E rolou encolhido, as mãos apertando o coração.

O JARDIM SELVAGEM

— Daniela é assim como um jardim selvagem – disse tio Ed olhando para o teto. – Como um jardim selvagem.

Tia Pombinha concordou fazendo uma cara muito esperta. E foi correndo buscar o maldito licor de cacau feito em casa. Passei a mão na caixa de *marron glacé* que ele trouxera. Era a segunda ou terceira vez que a presenteava com uma caixa igual, eu já sabia que aquele nome era como o papel dourado embrulhando simples castanhas açucaradas. Mas, e um jardim selvagem? O que era um jardim selvagem?

Foi o que lhe perguntei. Ele me olhou com um ar de gigante da montanha falando com a formiguinha.

— Jardim selvagem é um jardim selvagem, menina.

— Ah, bom – eu disse. E aproveitei a entrada da tia Pombinha para fugir da sala. A tal caixa estava mesmo fechada, tão cedo não seria aberta. E o licor de cacau era tão ruim que eu já tinha visto uma visita guardá-lo na boca para depois cuspir. Na bacia, fingindo lavar as mãos.

Mais tarde, quando eu já enfiava a camisola para dormir, tia Pombinha entrou no meu quarto. Sentou-se na cama. A caixa de doces já devia estar enfurnada em alguma gaveta. Sovina, sovina.

— O Ed casado, imagine! Até parece mentira, o meu querido Ed casado há mais de uma semana. Mas por que não me avisou, Cristo-Rei! Como é que ele se casa assim, sem participar... Que loucura!

— Decerto não quis dar festa.

— Mas não seria preciso festa, eu só gostaria de saber — choramingou, fazendo bico. — Ainda na noite passada ele me apareceu no sonho.

— Apareceu? — perguntei metendo-me na cama.

Os sonhos de tia Pombinha eram todos horríveis, estava para chegar o dia em que viria anunciar que sonhara com alguma coisa que prestasse.

— Não me lembro bem como foi, ele logo sumiu no meio de outras pessoas. Mas o que me deixou nervosa foi ter sonhado com dentes nessa mesma noite. Você sabe, não é nada bom sonhar com dentes.

— Tratar deles é pior ainda.

Sorriu sem vontade. Ficou toda sentimental quando resolveu me cobrir até o pescoço.

— Você agora me lembrou o Ed menino. Fui a mãezinha dele quando a nossa mãe morreu. E agora se casa assim de repente, sem convidar a família, como se tivesse vergonha da gente. Mas não é mesmo de estranhar? E que moça é essa, Cristo-Rei? Ninguém sabe quem ela é...

— Tio Ed deve saber, ora.

Acho que ela se impressionou com a minha resposta porque sossegou um pouco. Mas logo desatou a falar de novo com aquela fala aflita de quem vai pegar o trem, falava assim quando chegava a hora de viajar.

– Ele parece feliz, sem dúvida, mas me olhou de um jeito... Era como se quisesse me dizer qualquer coisa e não tivesse coragem, senti isso com tanta força que meu coração até doeu, quis perguntar, que é, Ed? Pode me dizer, o que é? Mas ele só me olhava e não disse nada. Tive a impressão de que estava com medo.

– Com medo de quê?

– Não sei, não sei, mas foi como se eu estivesse vendo Ed menino outra vez. Tinha pavor do escuro, só queria dormir de luz acesa. Papai proibiu essa história de luz e não me deixou mais ir lá fazer companhia, achava que eu poderia estragá-lo com muito mimo. Mas uma noite não resisti e entrei escondida no quarto. Estava acordado, sentado na cama. Quer que eu fique aqui até você dormir? perguntei. Pode ir embora, disse, já não me importo mais de ficar no escuro. Então dei-lhe um beijo como fiz hoje. Ele me abraçou e me olhou do mesmo jeito que me olhou agora, querendo confessar que estava com medo. Mas sem coragem de confessar.

Disfarcei um bocejo. E afastei as cobertas porque já estava transpirando. Quando minha tia anunciava uma história importante, na certa vinha alguma bobagem sem importância nenhuma. De resto, tia Pombinha tinha a mania de ver mistério em tudo, até no nosso limoeiro que dava às vezes uns limões adocicados. Não passava um dia sem falar nos tais *pressentimentos*.

– Mas por que ele havia de ter medo?

Ela franziu a testa. Seus olhinhos redondos ficaram mais redondos ainda.

— Aí é que está... Quem é que pode saber? Ed sempre foi muito discreto, não é de se abrir com a gente, ele esconde. Que moça será essa?!

Lembrei-me então do que ele dissera: Daniela é como um jardim selvagem. Quis perguntar o que era um jardim selvagem mas tia Pombinha devia entender tanto quanto eu desses jardins.

— Ela é bonita, tia?

— Ed disse que é lindíssima. Mas não é tão jovem assim, parece que tem a idade dele, uns trinta e poucos anos...

— E não é bom? Isso de ser meio velha.

Balançou a cabeça com ar de quem podia dizer ainda um montão de coisas sobre essa questão de idade. Mas preferia não dizer.

— Hoje de manhã, quando você estava na escola, a cozinheira deles passou aqui, é amiga da Conceição. Contou que ela se veste nos melhores costureiros, só usa perfume francês, toca piano... Quando estiveram na chácara, nesse último fim de semana, ela tomou banho nua debaixo da cascata.

— Nua?

— Nuinha. Vão morar na chácara, ele mandou reformar tudo, diz que a casa ficou uma casa de cinema. E é isso que me preocupa, Ducha. Que fortuna não estarão gastando nessas loucuras? Cristo-Rei, que fortuna... Onde é que ele foi encontrar essa moça?

— Mas ele não é rico?

— Aí é que está... Ed não é tão rico quanto se pensa.

Dei de ombros. Nunca tinha pensado antes no assunto. Bocejei sem cerimônia. Tia Pombinha estava era com ciúme, havia muito dessas confusões nas famílias, eu mesmo já tinha lido um caso parecido numa revista. Sabia até o nome do complexo, era um complexo de irmão com irmã. Afundei a cabeça no travesseiro. Se queria tanto conversar, por que não se lembrara de trazer os doces? Para comer tudo escondido, não é?

– Deixa, tia. Você não tem nada com isso.

Ela abriu nos joelhos as mãos ossudas, de unhas onduladas, cortadas rente. Passei a língua na palma das minhas mãos para umedecê-las. Sempre que olhava para as mãos dela, assim secas como se tivessem lidado com giz, precisava molhar as minhas.

– Diz que anda sempre com uma luva na mão direita, não tira nunca a luva dessa mão, nem dentro de casa.

Sentei-me na cama. Esse pedaço me interessava.

– Usa uma luva?

– Na mão direita. Diz que tem dúzias de luvas, cada qual de uma cor, combinando com o vestido.

– E não tira nem dentro de casa?

– Já amanhece com ela. Diz que teve um acidente com essa mão, deve ter ficado algum defeito.

– Mas por que não quer que vejam?

– Eu é que sei? Como Ed nem tocou nisso, fiquei sem jeito de perguntar, essas coisas não se perguntam. Casado, imagine... Deve dar um marido exemplar, desde criança foi muito bonzinho, você precisava ver que pérola de menino! Uma verdadeira pérola...

Tia Pombinha ficou falando algum tempo ainda sobre a bondade do irmão, mas eu só pensava naquela nova tia que tomava banho pelada debaixo da cascata. E não tirava a luva da mão direita.

Numa manhã de sábado, quando cheguei para o almoço, soube que ela passara em casa. Chutei minha pasta. As coisas que valiam a pena aconteciam sempre quando eu estava na escola. Tia Pombinha gaguejava, o pescoço fino cheio de manchas avermelhadas, ficava assim que nem peru quando tinha uma emoção forte.

— Ah, você não imagina como é encantadora! Nunca vi uma beleza igual, que encanto de moça! Tão natural, tão simples e ao mesmo tempo tão elegante, tão bem cuidada... Foi tão carinhosa comigo!

Fiquei olhando para as pernas finas de tia Pombinha com as meias murchas cor de cenoura. Bom, então tinha mudado tudo.

— Quer dizer que a senhora gostou dela?

— Muito, fiquei mesmo cativada! E trouxe presentes, venha ver — disse, puxando-me pelo braço. — Três cortes de seda finíssima para mim e para você uma boneca francesa, loura loura!

— Tenho ódio de boneca.

— Ducha! Você vai gostar dessa, é a coisa mais linda que já se viu, olha aí, não é linda?

Fiquei olhando a boneca dentro da caixa. Usava luvinhas de renda.

— Ela estava de luva?

— Estava. Uma luva verde, combinando com os sapatos. No começo a gente estranha a luva só naquela mão. Mas não é mesmo de se estranhar? Podia fazer uma plástica... Enfim, deve ter os seus motivos. Um amor de moça!

A conversa que tive no mês seguinte com a cozinheira de tio Ed fez-me esquecer até os zeros sucessivos que tive em matemática. A cozinheira viera indagar se Conceição sabia de um bom emprego, desde a véspera estava desempregada. Tia Pombinha tinha ido ao mercado, pudemos falar à vontade enquanto Conceição fazia o almoço.

– Seu tio é muito bom, coitado. Gosto demais dele – começou ela enquanto beliscava um bolinho que Conceição tirou da frigideira. – Mas não combino com dona Daniela. Fazer aquilo com o pobre do cachorro, não me conformo!

– Que cachorro?

– O Kleber, lá da chácara. Um cachorro tão engraçadinho, coitado. Só porque ficou doente e ela achou que ele estava sofrendo... Tem cabimento fazer isso com um cachorro?

– Mas o que foi que ela fez?

– Deu um tiro nele.

– Um tiro?

– Bem no ouvido. Encostou o revólver na orelha e pum! matou assim como se fosse uma brincadeira... Não era para ninguém ver, nem o seu tio, que estava na cidade. Mas eu vi com estes olhos que a terra há de comer, ela pegou o revólver com aquela mão enluvada e atirou no pobrezinho que morreu ali mesmo, sem um gemido! Perguntei depois, mas por que a senhora fez isso? O bicho é de Deus, não se faz com um bicho de Deus uma coisa dessas! Ela então respondeu que o Kleber estava sofrendo muito, que a morte para ele era um descanso.

– Disse isso?

A mulher deu uma dentada no bolinho. Ficou soprando um pouco porque estava quente como o diabo, eu mesma não consegui dar cabo do meu.

– Disse que a vida tinha que ser... ah! não me lembro. Mas falou em música, que tudo tinha que ser como uma música, foi isso. A doença sem remédio era um desafino, o melhor era acabar com o instrumento desafinado. Até que foi muito educada comigo, viu que eu estava nervosa e quis me explicar tudo direitinho. Mas podia ficar me explicando até gastar todo o cuspe que eu nunca ia entender. O que eu entendi muito bem foi que o Kleber estava morto. O pobre.

– Mas ela gostava dele?

– Acho que sim, estavam sempre juntos. Quando ele ainda estava bom, ia tão alegrinho tomar banho com ela na cascata... Só faltava falar aquele cachorro.

– Ela perguntou por que você ia embora?

– Não. Não perguntou nada. Nunca me tratou mal, justiça seja feita, sempre foi muito delicada com todos os empregados. Mas não sei, eu me aborreci por demais... isso de matar o Kleber! E montar em pêlo como monta feito índio e tomar banho sem roupa... Uma noite a mesa do jantar virou inteira! O doutor disse que foi ele que esbarrou no pé da mesa e agarrou a toalha e caiu tudo no chão. Mas ninguém me tira da cabeça que quem virou a mesa foi ela.

– Por quê? Por que fez isso?

– Quando fica brava... A gente tem vontade até de entrar num buraco. O olho dela, o azul, muda de cor, credo!

– Não tira a luva nunca?

– Capaz!... Acho que nem o doutor viu aquela mão, já amanhece de luvinha. Até na cascata ela usa uma luva de borracha.

Conceição veio interromper a conversa para mostrar à amiga uma bolsa que tinha comprado. Ficaram as duas cochichando sobre homens. Quando tia Pombinha chegou, a mulher já estava se despedindo, o que foi uma sorte.

Não falei com ninguém sobre essa história. Mas levei o maior susto do mundo quando tia Daniela telefonou da chácara para avisar que o tio Ed estava muito doente. Tia Pombinha começou a tremer. O pescoço ficou uma mancha só.

– Achei mesmo que ele andava tão pálido... Meu querido Ed! Cristo-Rei, será que é grave? Ducha, depressa, vai buscar o calmante, quinze gotas num copo de água açucarada... Cristo-Rei! Deve ser a úlcera...

Contei cinqüenta. E carreguei no açúcar para disfarçar o gosto. Antes de levar o copo despejei ainda umas gotas.

Assim que acordou desandou nos telefonemas avisando à velharia da irmandade que o "menino estava doente".

– E tia Daniela? – perguntei quando ela parou de choramingar.

– Tem sido dedicadíssima, não sai de perto dele um só minuto. Falei também com o médico, disse que nunca encontrou criatura tão eficiente, tão amorosa, tem sido uma enfermeira e tanto! É o que me deixa mais descansada. Meu querido menino...

Quando Conceição veio me anunciar que ele tinha se matado com um tiro, assustei-me à beça. Mas aquele primeiro susto que levei quando me disseram que ele estava doente, aquele foi um susto maior ainda. Eu chegava da escola quando Conceição veio correndo ao meu encontro.

– Seu tio Ed se matou hoje de manhã! Se matou com um tiro!

Larguei a pasta.

– Um tiro no ouvido? Foi no ouvido?

– Lá sei se foi no ouvido, não me contaram mais nada! Dona Pombinha parecia louca, mal podia falar. Já seguiu com as irmãs para a chácara, foi um tamanho berreiro! Todas berravam ao mesmo tempo, um fim de mundo!

Dessa vez eu achei muito bom que estivesse na escola quando chegou a notícia. Conceição enxugou duas lágrimas na barra do avental enquanto fritava batatas. Peguei uma batata que caiu da frigideira e afundei-a no sal. Estava quase crua.

– Mas por que ele fez isso, Conceição?

– Ninguém sabe. Não deixou nem carta nem nada, ninguém sabe! Vai ver que foi por causa da doença ruim que fazia ele sofrer, não é mesmo? Você também não acha que foi por causa da doença?

– Acho – concordei, enquanto esperava que caísse outra batata da frigideira. Pensava agora em tia Daniela metida num vestido preto. E de luva também preta, como não podia deixar de ser.

NATAL NA BARCA

Não quero nem devo lembrar aqui por que me encontrava naquela barca. Só sei que em redor tudo era silêncio e treva. E que me sentia bem naquela solidão. Na embarcação desconfortável, tosca, apenas quatro passageiros. Uma lanterna nos iluminava com sua luz vacilante: um velho, uma mulher com uma criança e eu.

O velho, um bêbado esfarrapado, deitara-se de comprido no banco, dirigira palavras amenas a um vizinho invisível e agora dormia. A mulher estava sentada entre nós, apertando nos braços a criança enrolada em panos. Era uma mulher jovem e pálida. O longo manto escuro que lhe cobria a cabeça dava-lhe o aspecto de uma figura antiga.

Pensei em falar-lhe assim que entrei na barca. Mas já devíamos estar quase no fim da viagem e até aquele instante não me ocorrera dizer-lhe qualquer palavra. Nem combinava mesmo com uma barca tão despojada, tão sem artifícios, a ociosidade de um diálogo. Estávamos sós. E o melhor ainda era não fazer nada, não dizer nada, apenas olhar o sulco negro que a embarcação ia fazendo no rio.

Debrucei-me na grade de madeira carcomida. Acendi um cigarro. Ali estávamos os quatro, silenciosos como mortos num antigo barco de mortos deslizando na escuridão. Contudo, estávamos vivos. E era Natal.

A caixa de fósforos escapou-me das mãos e quase resvalou para o rio. Agachei-me para apanhá-la. Sentindo então alguns respingos no rosto, inclinei-me mais até mergulhar as pontas dos dedos na água.

– Tão gelada – estranhei, enxugando a mão.

– Mas de manhã é quente.

Voltei-me para a mulher que embalava a criança e me observava com um meio sorriso. Sentei-me no banco ao seu lado. Tinha belos olhos claros, extraordinariamente brilhantes. Reparei que suas roupas (pobres roupas puídas) tinham muito caráter, revestidas de uma certa dignidade.

– De manhã esse rio é quente – insistiu ela, me encarando.

– Quente?

– Quente e verde, tão verde que a primeira vez que lavei nele uma peça de roupa, pensei que a roupa fosse sair esverdeada. É a primeira vez que vem por estas bandas?

Desviei o olhar para o chão de largas tábuas gastas. E respondi com uma outra pergunta.

– Mas a senhora mora aqui por perto?

– Em Lucena. Já tomei esta barca não sei quantas vezes, mas não esperava que justamente hoje...

A criança agitou-se, choramingando. A mulher apertou-a mais contra o peito. Cobriu-lhe a cabeça com o xale e pôs-se a niná-la com um brando movimento de cadeira de balanço. Suas mãos destacavam-se exaltadas sobre o xale preto, mas o rosto era sereno.

– Seu filho?

– É. Está doente, vou ao especialista, o farmacêutico de Lucena achou que eu devia ver um médico hoje mesmo. Ainda ontem ele estava bem mas piorou de repente. Uma febre, só febre... Mas Deus não vai me abandonar.

– É o caçula?

Levantou a cabeça com energia. O queixo agudo era altivo mas o olhar tinha a expressão doce.

– É o único. O meu primeiro morreu o ano passado. Subiu no muro, estava brincando de mágico quando de repente avisou, vou voar! E atirou-se. A queda não foi grande, o muro não era alto, mas caiu de tal jeito... Tinha pouco mais de quatro anos.

Atirei o cigarro na direção do rio e o toco bateu na grade, voltou e veio rolando aceso pelo chão. Alcancei-o com a ponta do sapato e fiquei a esfregá-lo devagar. Era preciso desviar o assunto para aquele filho que estava ali, doente, embora. Mas vivo.

– E esse? Que idade tem?

– Vai completar um ano. – E, noutro tom, inclinando a cabeça para o ombro: – Era um menino tão alegre. Tinha verdadeira mania com mágicas. Claro que não saía nada, mas era muito engraçado... A última mágica que fez foi perfeita, vou voar! – disse abrindo os braços. E voou.

Levantei-me. Eu queria ficar só naquela noite, sem lembranças, sem piedade. Mas os laços (os tais laços humanos) já ameaçavam me envolver. Conseguira evitá-los até aquele instante. Mas agora não tinha forças para rompê-los.

– Seu marido está à sua espera?

– Meu marido me abandonou.

Sentei-me e tive vontade de rir. Incrível. Fora uma loucura fazer a primeira pergunta porque agora não podia mais parar, ah! aquele sistema dos vasos comunicantes.

– Há muito tempo? Que seu marido...
– Faz uns seis meses. Vivíamos tão bem, mas tão bem! Foi quando ele encontrou por acaso essa antiga namorada, me falou nela fazendo uma brincadeira, a Bila enfeiou, sabe que de nós dois fui eu que acabei ficando mais bonito? Não tocou mais no assunto. Uma manhã ele se levantou como todas as manhãs, tomou café, leu o jornal, brincou com o menino e foi trabalhar. Antes de sair ainda fez assim com a mão, eu estava na cozinha lavando a louça e ele me deu um adeus através da tela de arame da porta, me lembro até que eu quis abrir a porta, não gosto de ver ninguém falar comigo com aquela tela no meio... Mas eu estava com a mão molhada. Recebi a carta de tardinha, ele mandou uma carta. Fui morar com minha mãe numa casa que alugamos perto da minha escolinha. Sou professora.

Olhei as nuvens tumultuadas que corriam na mesma direção do rio. Incrível. Ia contando as sucessivas desgraças com tamanha calma, num tom de quem relata fatos sem ter realmente participado deles. Como se não bastasse a pobreza que espiava pelos remendos da sua roupa, perdera o filhinho, o marido, via pairar uma sombra sobre o segundo filho que ninava nos braços. E ali estava sem a menor revolta, confiante. Apatia? Não, não podiam ser de uma apática aqueles olhos vivíssimos, aquelas mãos enérgicas. Inconsciência? Uma certa irritação fez com que me afastasse um pouco.

– A senhora é conformada.
– Tenho fé, dona. Deus nunca me abandonou.

— Deus — repeti vagamente.

— A senhora não acredita em Deus?

— Acredito — murmurei. E ao ouvir o som débil da minha afirmativa, sem saber por quê, perturbei-me. Agora entendia. Aí estava o segredo daquela segurança, daquela calma. Era a tal fé que removia montanhas...

Ela mudou a posição da criança, passando-a do ombro direito para o esquerdo. E começou com voz quente de paixão:

— Foi logo depois da morte do meu menino. Acordei uma noite tão desesperada que saí pela rua afora, enfiei um casaco e saí descalça e chorando feito louca, chamando por ele! Sentei num banco do jardim onde toda tarde ele ia brincar. E fiquei pedindo, pedindo com tamanha força, que ele, que gostava tanto de mágica, fizesse essa mágica de me aparecer só mais uma vez, não precisava ficar, se mostrasse só um instante, ao menos mais uma vez, só mais uma! Quando fiquei sem lágrimas, encostei a cabeça no banco e não sei como dormi. Então sonhei e no sonho Deus me apareceu, quer dizer, senti que ele pegava na minha mão com sua mão de luz. E vi o meu menino brincando com o Menino Jesus no jardim do Paraíso. Assim que ele me viu, parou de brincar e veio rindo ao meu encontro e me beijou tanto, tanto... Era tamanha sua alegria que acordei rindo também, com o sol batendo em mim.

Fiquei sem saber o que dizer. Esbocei um gesto e em seguida, apenas para fazer alguma coisa, levantei a ponta do xale que cobria a cabeça da criança. Deixei cair o xale novamente e voltei-me para o rio. O menino estava morto. Entrelacei as mãos para dominar o tremor que me sacudiu. Estava morto. A mãe continuava a niná-lo, apertando-o contra o peito. Mas ele estava morto.

Debrucei-me na grade da barca e respirei penosamente: era como se estivesse mergulhada até o pescoço naquela água. Senti que a mulher se agitou atrás de mim.

– Estamos chegando – anunciou.

Apanhei depressa minha pasta. O importante agora era sair, fugir antes que ela descobrisse, correr para longe daquele horror. Diminuindo a marcha, a barca fazia uma larga curva antes de atracar. O bilheteiro apareceu e pôs-se a sacudir o velho que dormia:

– Chegamos!... Ei! chegamos!

Aproximei-me, evitando encará-la.

– Acho melhor nos despedirmos aqui – eu disse atropeladamente, estendendo a mão.

Ela pareceu não notar meu gesto. Levantou-se e fez um movimento como se fosse apanhar a sacola. Ajudei-a, mas ao invés de apanhar a sacola que lhe estendi, antes mesmo que eu pudesse impedi-lo, afastou o xale que cobria a cabeça do filho.

– Acordou o dorminhoco! E olha aí, deve estar agora sem nenhuma febre.

– Acordou?!

Ela sorriu:

– Veja...

Inclinei-me. A criança abrira os olhos – aqueles olhos que eu vira cerrados tão definitivamente. E bocejava, esfregando a mãozinha na face corada. Fiquei olhando sem conseguir falar.

– Então, bom Natal! – disse ela, enfiando a sacola no braço.

Sob o manto preto, de pontas cruzadas e atiradas para trás, seu rosto resplandecia. Apertei-lhe a mão vigorosa e acompanhei-a com o olhar até que ela desapareceu na noite.

Conduzido pelo bilheteiro, o velho passou por mim retomando seu afetuoso diálogo com o vizinho invisível. Saí por último da barca. Duas vezes voltei-me ainda para ver o rio. E pude imaginá-lo como seria de manhã cedo: verde e quente. Verde e quente.

A CEIA

O restaurante era modesto e pouco freqüentado, com mesinhas ao ar livre, espalhadas debaixo das árvores. Em cada mesinha, um abajur feito de garrafa projetando sobre a toalha de xadrez vermelho e branco um pálido círculo de luz.

A mulher parou no meio do jardim.

– Que noite!

Ele lhe bateu brandamente no braço.

– Vamos, Alice... Que mesa você prefere?

Ela arqueou as sobrancelhas.

– Com pressa?

– Ora, que idéia...

Sentaram-se numa mesa próxima ao muro e que parecia a menos favorecida pela iluminação. Ela tirou o estojo da bolsa e retocou rapidamente os lábios. Em seguida, com gesto tranqüilo, mas firme, estendeu a mão até o abajur e apagou-o.

– As estrelas ficam maiores no escuro.

Ele ergueu o olhar para a copa da árvore que abria sobre a mesa um teto de folhagem.

– Daqui não vejo nenhuma estrela.

– Mas ficam maiores.

Abrindo o cardápio, ele lançou um olhar ansioso para os lados. Fechou-o com um suspiro.

— Também não enxergo os nomes dos pratos. Paciência, acho que quero um bife. Você me acompanha?

Ela apoiou os cotovelos na mesa e ficou olhando para o homem. Seu rosto fanado e branco era uma máscara delicada emergindo da gola negra do casaco. O homem se agitou na cadeira. Tentou se fazer ver por um garçom que passou a uma certa distância. Desistiu. Num gesto fatigado, esfregou os olhos com as pontas dos dedos.

— Meu bem, você ainda não mandou fazer esses óculos! Faz meses que quebrou o outro e até agora...

— A verdade é que não me fazem muita falta.

— Mas a vida inteira você usou óculos.

Ele encolheu os ombros.

— Pois é, acho que agora não preciso mais.

— Nem de mim.

— Ora, Alice.

Ela tomou-lhe a mão.

— Eduardo, eu precisava te ver, precisava demais, entende? A última vez foi tão horrível, me arrependi tanto! Queria fazer hoje uma despedida mais digna. Queria que você...

— Não pense mais nisso, Alice, que bobagem, você estava nervosa — interrompeu-a, voltando-se para chamar o garçom. Estendeu a mão. O gesto foi discreto, mas, no rápido abrir e fechar dos dedos, havia um certo desespero. — Acho que jamais seremos atendidos.

— Você está com pressa.

— Não, absolutamente. Absolutamente.

Uma folha seca pousou suave na mesa. Ele esmigalhou-a entre os dedos, com uma lentidão premeditada.

— Você gosta do meu perfume, Eduardo? É novo.

– Já tinha notado... Bom, não? Lembra um pouco tangerina.

Inclinando-se para trás, ela riu sem vontade, "que idéia!..." E ficou séria, a boca entreaberta, os olhos apertados.

– Eu precisava te ver, Eduardo.

Ele ofereceu-lhe cigarro. Apalpou os bolsos.

– Acho que esqueci o fósforo... Trouxe também o isqueiro, mas sumiu tudo... – Revistou a capa em cima da cadeira. – Ah, está aqui! – exclamou, subitamente animado, como se o encontro do isqueiro fosse uma solução não só para o cigarro, mas também para a mulher na expectativa. – Imagine que ganhei este isqueiro numa aposta, foi de um marinheiro.

– Eduardo, você vai me ver de vez em quando, não vai? Responda, Eduardo, ao menos de vez em quando! Hein, Eduardo?

– Estávamos num bar, eu e o Frederico – recomeçou ele brandamente. Mas era violenta a fricção do seu polegar contra a rosca do isqueiro, na tentativa veemente de acendê-lo. – Então um desconhecido sentou-se na nossa mesa e até hoje não sei como veio aquela idéia da aposta...

A chama rompeu azulada e alta. A mulher recuou batendo as pálpebras. E se manteve afastada, o cigarro preso entre os lábios repentinamente ressequidos, como se a chama lhes tivesse absorvido toda a umidade.

– Como é forte!... – queixou-se, recuando mais à medida que ele avançava o isqueiro. Apagou a chama com um sopro e tragou, soprando a fumaça para o chão. Tremia a mão que segurava o cigarro. – Detesto isqueiros, você sabe disso.

— Mas este tem uma chama tão bonita. Pude ver que seu penteado também é novo.

— Cortei o cabelo. Remoça, não?

— Não sei se remoça, Alice, só sei que te vai bem.

Ela umedeceu os lábios. Seus olhos se agrandaram novamente.

— Mas querido, não é preciso ficar com essa cara, prometo que desta vez não vou quebrar nenhum copo, não precisa ficar aflito... — Os olhos reduziram-se outra vez a dois riscos pretos. — Foi horrível, não, Eduardo? Foi horrível, hein? Sabendo quanto você detesta essas cenas, imagine, quebrar o copo na mão, aquela coisa assim dramática do vinho ir escorrendo misturado com o sangue... Que papel miserável!

— Não, não, que idéia! — Apoiou os braços na mesa e escondeu o rosto nas mãos. — Você tinha bebido demais, Alice.

— Ela soube?

— Quem? — e o homem encarou a companheira — Ah... Não, imagine se eu havia de...

— Você contou, Eduardo, você contou. Está claro que você contou até com detalhes. E a raposinha foi fazendo mais perguntas ainda.

— Por que você a chama de raposinha?

— Porque ela tem cara de raposinha, não tem? Tão graciosa. E já sabe tudo a meu respeito, não? Até a minha idade.

— Por favor, Alice, não continue, sim? Você só está dizendo absurdos! Pensa então que ficamos os dois falando de você, ela pedindo dados e eu fornecendo, como se... Que juízo você faz de mim, Alice? Eu te amei.

Aproximou-se um garçom. Colocou na mesa a cesta de pão, dois copos, e ficou limpando com o guardanapo uma garrafa de vinho que trouxe debaixo do braço.

— Acho que a cozinha já está fechada, cavalheiro. Queriam jantar?

— Muito tarde mesmo — disse o homem olhando o relógio. Tirou uma nota do bolso, passou-a para o garçom. — Ao menos dois bifes, seria possível?

— E vinho — pediu ela, procurando ler o rótulo da garrafa que o moço limpava. — Esse aí é bom?

O companheiro encarou-a. Franziu as sobrancelhas.

— Quer beber?

— Não posso?

Examinou a garrafa, com ar distraído.

— Claro que pode. É, esse está bom.

— Eu falo lá na cozinha, acho que não tem problema — disse o garçom, abrindo a garrafa. Serviu-os com gestos melífluos e em seguida afastou-se, a enrolar na mão o guardanapo.

Ela empertigou-se na cadeira. Pôs-se a beber em pequeninos goles. E de repente abriu o sorriso numa risadinha.

— Mas não! não fique com essa cara apavorada! Juro que hoje não vou me embriagar. Hoje não. Queria que ficasse tranqüilo...

— Mas eu estou tranqüilo.

De uma mesa distante, a única ocupada ainda, vinha o ruído de vozes de homens. Uma gargalhada rebentou sonora em meio do vozerio exaltado. E a palavra *cabrito* saltou dentre as outras que se arrastavam pastosas. Num rádio da vizinhança ligado ao volume máximo havia uma canção que contava a história de uma violeteira vendendo violetas na porta de um teatro. A voz da cantora era plana e um pouco fanhosa.

– Santo Deus, como essa música é velha – disse ele. A fisionomia se descontraiu. – Acho que era menino quando ouvi isso pela primeira vez.

Inclinando-se para o companheiro, ela beijou-lhe a palma da mão. Apertou-a com força contra a própria face.

– Meu amor, meu amor, você agora sorriu e tudo ficou como antes. Como é possível, Eduardo?! Como é possível... – Sacudiu a cabeça. – Eduardo, ouça, estou de acordo, é claro, mas se ao menos você prometesse que vai me ver de vez em quando, ao menos de vez em quando, compreende? Como um amigo, um simples amigo, eu não peço mais nada!

Ele tirou a mão que ela apertava e alisou os cabelos num gesto contido. Enfiou as mãos nos bolsos.

– Alice, querida Alice, procure entender... Você sabe perfeitamente que não posso ir te visitar, que é ridículo ficarmos os dois falando sobre livros, jogando uma partida de xadrez, você sabe que isso não funcionaria pelo menos por enquanto. Você seria a primeira a não se conformar, uma situação falsa, insustentável. Temos que nos separar assim mesmo, sem maiores explicações, não adiantam mais explicações, não adiantam mais estes encontros que só te fazem sofrer... – Apertou os lábios secos. Bebeu um gole de vinho. – O que importa é não haver nem ódios nem ressentimentos, é podermos nos olhar frente a frente, o que passou, passou. Disco na prateleira...

– Disco na prateleira. Essa expressão é boa, ainda não conhecia.

— Alice, não comece com as ironias, por favor! Ainda ontem a Lili...

— Lili?

Ele baixou a cabeça. E fixou o olhar na toalha da mesa, como se quisesse decorar-lhe o contorno dos quadrados. Arrastou a cesta de pão para cobrir uma antiga mancha de vinho.

— É o apelido de Olívia. Eu queria dizer que ainda ontem ela perguntou por você com tamanha simpatia...

— Ah! Que generoso, que nobre! Tão fino da parte dela, não me esquecerei disso, *perguntou por mim.* Quando nos encontrarmos, atravesso a quadra, como nas partidas de tênis, e vou cumprimentá-la, tudo assim muito limpo, muito esportivo. Esportivo.

— Não se torture mais, Alice, ouça! – começou ele com energia. Vagou o olhar aflito pela mesa, como se nela buscasse as palavras. – Você devia mesmo saber que, mais dia, menos dia, tínhamos que nos separar, nossa situação era falsa.

Ela entreabriu os lábios num duro arremedo de sorriso.

— Bonitas palavras essas, situação falsa! Por que situação falsa? Por quê? Durante mais de quinze anos não foi falsa. Por que ficou falsa de repente?

Ele fechou as mãos e bateu com os punhos na mesa, golpeando-a compassadamente. Afastou a cesta de pão e ficou olhando a mancha.

— Só sei que não tenho culpa, Alice. Já disse mil vezes que não pretendia romper, mas aconteceu, aconteceu. Não tenho culpa!

Ela despejou mais vinho no copo. Bebeu de olhos fechados. E ficou com a borda do copo comprimindo o lábio.

— Mas, ao menos, Eduardo... ao menos você podia ter esperado um pouco para me substituir, não podia? Não vê que foi depressa demais? Será que você não vê que foi depressa demais? Não vê que ainda não estou preparada? Hein, Eduardo?... Aceito tudo, já disse, mas venha ao menos de vez em quando para me dizer um bom-dia, não peço mais nada... É preciso que vá me acostumando com a idéia de te perder, entendeu agora? Venha me ver, mesmo que seja para falar nela, ficaremos falando nela, é preciso que me acostume com a idéia, não pode ser assim tão brusco, não pode!

— Não está sendo brusco, Alice. Temos conversado mais de uma vez, já disse que não precisamos nos despedir como inimigos.

Ela entrelaçou as mãos sob o queixo. Sacudiu a cabeça.

— Mas não se trata disso, Eduardo! Será que você não entende mais o que eu digo? Eduardo, Eduardo, eu queria que você entendesse... — Lágrimas pesadas caíram-lhe dos olhos quase sem tocar-lhe as faces. Eduardo, você precisa ter paciência, não é justo, não é justo!

— Fale mais baixo, Alice, você está quase gritando — disse ele. Tirou do maço um cigarro, mas ficou com o cigarro esquecido entre os dedos. Abrandou a voz. — Eu entendo, sim, mas não se exalte, estamos conversando, não estamos? Vamos, tome um gole de vinho. Isso, assim...

Ela apanhou o guardanapo e enxugou trêmula o rosto. Abriu o estojo de pó e ainda com a ponta do guardanapo tentou limpar duas orlas escuras em torno dos olhos úmidos.

– Fui chorar e não podia chorar, borrei toda a pintura, estou uma palhaça...

– Não se preocupe, Alice. Fez bem de chorar, chore todas as vezes que tiver vontade.

Empoando-se frenética, escondeu o rosto detrás do estojo. Arregalou os olhos como que para obrigar que as últimas lágrimas – já boiando na fronteira dos cílios – voltassem novamente para dentro. Atirou a cabeça para trás.

– Pronto, pronto, passou! Estou ótima, olhe aí, veja se não estou ótima!

Ele lançou-lhe um rápido olhar. Apanhou o isqueiro para acender o cigarro e arrependeu-se em meio do gesto.

– Acenda seu cigarro, Eduardo.

– O isqueiro, você não gosta...

– Ora, não exagere, acenda o meu também.

Foi de olhos baixos que ele lhe acendeu o cigarro.

– Como esta toalha está suja.

– É que a luz desse isqueiro mostra tudo – disse ela num tom sombrio. – Mas vamos conversar sobre coisas alegres, estamos por demais sinistros, que é isso?! Vamos falar sobre seu casamento, por exemplo, esse é um assunto alegre. Quero saber os detalhes, querido, estou curiosíssima para saber os detalhes. Afinal, meu amado amigo de tantos anos se casa e estou por fora, não sei de nada...

– Não há nada que contar, Alice. Vai ser uma cerimônia muito simples.

– Lua-de-mel onde?

– Ainda não sei, isso a gente vai ver depois.

A mulher apertou os olhos. E pôs-se a amassar entre os dedos um pedaço de miolo de pão.

— Quem diria, hein? Nossa última ceia. Não falta nem o pão nem o vinho. Depois, você me beijará na face esquerda.

— Ah, Alice... — E ele riu frouxamente, sem alegria. — Não tome agora esse ar assim bíblico, ora, a última ceia! Não vamos começar com símbolos, quero dizer, não vamos ficar aqui numa cena patética de separação. Tudo foi perfeito enquanto durou. Agora, com naturalidade...

— Com naturalidade. Durou quinze anos, não foi, Eduardo?

Ele agitou-se, olhando em redor. Esboçou um gesto na direção de um garçom que prosseguiu perambulando por entre árvores e mesas. Ergueu-se. O movimento brusco fez tombar a cadeira.

— Desconfio que esse banquete não virá tão cedo. Que tal se andássemos um pouco?

Deram alguns passos contornando as mesas vazias. No meio do jardim decadente, uma fonte extinta. O peixe de pedra tinha a boca aberta, mas há muito a água secara, deixando na boca escancarada o rastro negro da sua passagem. Por entre as pedras, tufos de samambaia enredados no mato rasteiro. Ele sentou-se na pedra maior. Desviou o olhar da mulher que continuou de pé, as mãos metidas nos bolsos do casaco. Olhou para o céu.

— Agora, sim, pode-se ver as estrelas. Tão vivas, parecem palpitar.

Ela baixou a cabeça na direção do homem e cruzou os braços. Rodava ainda entre o polegar e o indicador a bolota de miolo de pão.

— Você agora repara nas estrelas.

Em meio da surpresa, ele riu.

— Você mesma me mandou olhar para elas..
— Ficou sério. E aos poucos foi relaxando os músculos, fatigado e absorto. Na distância, o rádio tocava uma música de *jazz*. A voz suada do negro chamava por *Judy*. E ficava repetindo, já rouca, *Judy, Judy!*
— Só que elas não dizem nada. Nem elas nem o peixe — acrescentou ele, tragando e soprando a fumaça no peixe de pedra. — *Oh boca da fonte, boca generosa, dizendo inesgotavelmente a mesma água pura...*
— Continue, Eduardo.
— Não sei mais, só sei esse pedaço.
— Há quanto tempo não te ouvia citar versos.
— Secou a fonte, secaram as flores, imagino como devia ter flores nesse jardim e como essa casa devia estar sempre cheia de gente, uma família imensa, crianças, velhos, cachorros. Desapareceram todos. Ficou a casa.
— Acabou-se, não, Eduardo? Acabou-se. Nem água, nem flores, nem gente. Acabou tudo.

Ele encarou a mulher que rodava a bolinha de miolo de pão num ritmo mais acelerado.

— Não acabou, Alice, transformou-se apenas, passou de um estado para outro, o que é menos trágico. As coisas não acabam.
— Não?

Com certa surpresa, como se a estranhasse, ele continuou olhando aquela silhueta curva, amassando a bolota que ia adquirindo uma consistência de borracha. Baixou o olhar para as pernas dela. Sua fisionomia se confrangeu. Aproximou-se, enlaçou-a num gesto triste.

— É difícil explicar, Alice, mas esses anos todos que vivemos juntos, toda essa experiência não vai desaparecer assim como se... Não saímos de mãos vazias, ao contrário, saímos ricos, mais ricos do que antes.

– Riquíssimos.

Num quase afago, ele deixou pender o braço que lhe contornava os ombros.

– Tem jogado?

– Não. O tabuleiro lá está com todas as peças como deixamos na última partida, lembra?

– Alice, Alice!... – cantarolou, abrindo os braços no mesmo tom do negro do *jazz*. O riso foi breve.

– Você me deixou ganhar, meu bem, eu não podia ter ficado com a torre.

Ela atirou-se contra ele, abraçando-o, "Eduardo, eu te amo!" Beijou-lhe as mãos, a boca, afundou a cara por entre a camisa, procurando chegar-lhe ao peito, enfiou a mão pela abertura, esfregou a cara no corpo do homem, sentindo-lhe o cheiro, apalpando-o, a ponta da língua vibrando de encontro à pele.

– Eu te amo!

– Alice – murmurou ele. Estava impassível. Fechou os punhos. – Alice, não dê escândalo, não continue...

Ela rebentou em soluços, escondendo a cara.

– Você me amava, Eduardo, eu sei que você me amava!

Ele adiantou-se alguns passos, limpando a boca no lenço. Esperou um instante e voltou-se.

– Vem, Alice, por sorte ninguém viu, agora tenha juízo, por favor. Vamos sentar, vem comigo...

Ela afastou os cabelos empastados na testa. Esfregou o guardanapo nos olhos.

– Quer o lenço?

— Não, já está em ordem, não se preocupe, estou bem.

Ele fez girar o isqueiro sobre a mesa, como um pião. Lançou um olhar em redor.

— O homenzinho esqueceu mesmo de nós. O que é uma boa coisa, desconfio que os tais bifes...

— Ela fuma?

— O quê?

— Perguntei se ela fuma.

Ele arrefeceu o movimento do isqueiro.

— Fuma.

— E gosta desse seu isqueiro?

— Não sei, Alice, não tenho a menor idéia.

— Tão jovem, não, Eduardo?

— Alice, você prometeu.

— E naturalmente vai vestida de noiva, ah, sim, a virgenzinha... Já dormiu com todos os namorados, mas isso não choca mais ninguém, imagine! Tem o médico amigo que costura num instante, tem a pílula, morro de inveja dessa geração. Como as coisas ficaram fáceis!

— Cale-se, Alice.

— Como você já é uns bons anos mais velho, ela mandou costurar, questão de princípio. E vai chorar na hora, fingindo a dor que está sentindo mesmo porque às vezes a tal costura...

— Cale-se!

A noite agora estava quieta, sem música, sem vozes. Ele apanhou um cigarro. A chama do isqueiro subiu de um jato.

— Eduardo, apague isso... — pediu ela se contraindo, a cabeça afundada na gola do casaco. — Não vou fumar, apague!

Sem nenhuma pressa, ele aproximou a chama do próprio rosto. Soprou-a.

– Mas então o desconhecido sentou na nossa mesa – começou ele baixinho. – Disse que era marinheiro.

– Eduardo, eu queria que você fosse embora.

– Vou te levar, Alice. Vamos sair juntos, estou só esperando aquele alegre aparecer...

– Você não entendeu, eu queria ficar só, vou indo daqui a pouco, mas queria que você saísse na frente, queria que você saísse já...

– Mas, Alice, como vou te deixar assim?!

– Estou pedindo, Eduardo, me ajude, por favor, me ajude! Não, não se preocupe comigo, já estou calma, queria apenas ficar um instante sozinha compreendeu? Eu preciso, Eduardo...

– Mas você vai conseguir táxi?

– Justamente queria andar um pouco, vai me fazer bem andar – sussurrou ela, entrelaçando as mãos. – Me ajude.

O homem ergueu-se. Apanhou a capa.

– Você não precisa mesmo de nada?

– Não, estou ótima, pode ir. Pode ir.

Ele se afastou a passos largos. Antes de enveredar pelo corredor, parou e apalpou os bolsos. Hesitou. Prosseguiu mais rápido, sem olhar para trás.

– A madama deseja ainda alguma coisa? Vamos fechar... – avisou o garçom, acendendo o abajur. – Fiquei lá dentro, esqueci da vida.

Ela levantou a face de máscara pisada.

– Ah, sim, já vou. Quanto é?

– O cavalheiro já pagou, madame. Disse que eu arrumasse um táxi para a senhora.

– Não é preciso, quero andar um pouco.

Então ele se inclinou:

— A madame está se sentindo mal?

Ela abriu os dedos. Rolou na mesa uma bolinha compacta e escura.

— Estou bem, é que tivemos uma discussão.

O garçom recolheu o pão e o vinho. Suspirou.

— Também discuto às vezes com a minha velha, mas depois fico chateado à beça. Mãe sempre tem razão – murmurou, ajudando-a a levantar-se. – Não quer mesmo um táxi?

— Não, obrigada. – Apertou de leve o ombro do moço. – O senhor é muito bom.

Quando ela já tinha dado alguns passos, ele a alcançou:

— A senhora esqueceu isto.

— Ah, o isqueiro – disse ela. Guardou-o na bolsa.

VENHA VER O PÔR-DO-SOL

Ela subiu sem pressa a tortuosa ladeira. À medida que avançava, as casas iam rareando, modestas casas espalhadas sem simetria e ilhadas em terrenos baldios. No meio da rua sem calçamento, coberta aqui e ali por um mato rasteiro, algumas crianças brincavam de roda. A débil cantiga infantil era a única nota viva na quietude da tarde.

Ele a esperava encostado a uma árvore. Esguio e magro, metido num largo blusão azul-marinho, cabelos crescidos e desalinhados, tinha um jeito jovial de estudante.

– Minha querida Raquel.

Ela encarou-o, séria. E olhou para os próprios sapatos.

– Veja que lama. Só mesmo você inventaria um encontro num lugar destes. Que idéia, Ricardo, que idéia! Tive que descer do táxi lá longe, jamais ele chegaria aqui em cima.

Ele riu entre malicioso e ingênuo.

– Jamais, não é? Pensei que viesse vestida esportivamente e agora me aparece nessa elegância... Quando você andava comigo, usava uns sapatões de sete léguas, lembra?

— Foi para me dizer isso que você me fez subir até aqui? – perguntou ela, guardando o lenço na bolsa. Tirou um cigarro. – Hem?!

— Ah, Raquel... – e ele tomou-a pelo braço, rindo. – Você está uma coisa de linda. E fuma agora uns cigarrinhos pilantras, azul e dourado... Juro que eu tinha que ver ainda uma vez toda essa beleza, sentir esse perfume. Então? Fiz mal?

— Podia ter escolhido um outro lugar, não? – Abrandara a voz. – E que é isso aí? Um cemitério?

Ele voltou-se para o velho muro arruinado. Indicou com o olhar o portão de ferro, carcomido pela ferrugem.

— Cemitério abandonado, meu anjo. Vivos e mortos, desertaram todos. Nem os fantasmas sobraram, olha aí como as criancinhas brincam sem medo – acrescentou, lançando um olhar às crianças rodando na sua ciranda.

Ela tragou lentamente. Soprou a fumaça na cara do companheiro.

— Ricardo e suas idéias. E agora? Qual é o programa?

Brandamente ele a tomou pela cintura.

— Conheço bem tudo isso, minha gente está enterrada aí. Vamos entrar e te mostrarei o pôr-do-sol mais lindo do mundo.

Perplexa, ela encarou-o um instante. E vergou a cabeça para trás numa risada.

— Ver o pôr-do-sol!... Ah, meu Deus... Fabuloso, fabuloso!... Me implora um último encontro, me atormenta dias seguidos, me faz vir de longe para esta buraqueira, só mais uma vez, só mais uma! E para quê? Para ver o pôr-do-sol num cemitério...

Ele riu também, afetando encabulamento como um menino em falta.

– Raquel, minha querida, não faça assim comigo. Você sabe que eu gostaria era de te levar ao meu apartamento, mas fiquei mais pobre ainda, como se isso fosse possível. Moro agora numa pensão horrenda, a dona é uma Medusa que vive espiando pelo buraco da fechadura...

– E você acha que eu iria?

– Não se zangue, sei que não iria, você está sendo fidelíssima. Então pensei, se pudéssemos conversar um pouco numa rua afastada... – disse ele, aproximando-se mais. Acariciou-lhe o braço com as pontas dos dedos. Ficou sério. Aos poucos, inúmeras rugazinhas foram-se formando em redor dos seus olhos ligeiramente apertados. Os leques de rugas se aprofundaram numa expressão astuta: não era nesse instante tão jovem como aparentava. Mas logo sorriu e a rede de rugas desapareceu sem deixar vestígio. Voltou-lhe novamente o ar inexperiente e meio desatento. – Você fez bem em vir.

– Quer dizer que o programa... E não podíamos tomar alguma coisa num bar?

– Estou sem dinheiro, meu anjo, vê se entende.

– Mas eu pago.

– Com o dinheiro dele? Prefiro beber formicida. Escolhi este passeio porque é de graça e muito decente, não pode haver um passeio mais decente, não concorda comigo? Até romântico.

Ela olhou em redor. Puxou o braço que ele apertava.

– Foi um risco enorme, Ricardo. Ele é ciumentíssimo. Está farto de saber que tive meus casos. Se nos pilha juntos, então sim, quero só ver se alguma das suas fabulosas idéias vai me consertar a vida.

— Mas me lembrei deste lugar justamente porque não quero que você se arrisque, meu anjo. Não tem lugar mais discreto do que um cemitério abandonado, veja, completamente abandonado – prosseguiu ele, abrindo o portão. Os velhos gonzos gemeram. – Jamais seu amigo ou um amigo do seu amigo saberá que estivemos aqui.

— É um risco enorme, já disse. Não insista nessas brincadeiras, por favor. E se vem um enterro? Não suporto enterros.

— Mas enterro de quem? Raquel, Raquel, quantas vezes preciso repetir a mesma coisa?! Há séculos ninguém mais é enterrado aqui, acho que nem os ossos sobraram, que bobagem. Vem comigo, pode me dar o braço, não tenha medo.

O mato rasteiro dominava tudo. E não satisfeito de ter-se alastrado furioso pelos canteiros, subira pelas sepulturas, infiltrara-se ávido pelos rachões dos mármores, invadira as alamedas de pedregulhos enegrecidos como se quisesse com sua violenta força de vida cobrir para sempre os últimos vestígios da morte. Foram andando vagarosamente pela longa alameda banhada de sol. Os passos de ambos ressoavam sonoros como uma estranha música feita do som das folhas secas trituradas sobre os pedregulhos. Amuada mas obediente, ela se deixava conduzir como uma criança. Às vezes mostrava certa curiosidade por uma ou outra sepultura com os pálidos medalhões de retratos esmaltados.

— É imenso, hem? E tão miserável, nunca vi um cemitério mais miserável, é deprimente – exclamou ela, atirando a ponta do cigarro na direção de um anjinho de cabeça decepada. – Vamos embora, Ricardo, chega.

– Ah, Raquel, olha um pouco para esta tarde! Deprimente por quê? Não sei onde foi que eu li, a beleza não está nem na luz da manhã nem na sombra da noite, está no crepúsculo, nesse meio-tom, nessa incerteza. Estou-lhe dando um crepúsculo numa bandeja e você se queixa.

– Não gosto de cemitério, já disse. E ainda mais cemitério pobre.

Delicadamente ele beijou-lhe a mão.

– Você prometeu dar um fim de tarde a este seu escravo.

– É, mas fiz mal. Pode ser muito engraçado, mas não quero me arriscar mais.

– Ele é tão rico assim?

– Riquíssimo. Vai me levar agora numa viagem fabulosa até o Oriente. Já ouviu falar no Oriente? Vamos até o Oriente, meu caro...

Ele apanhou um pedregulho e fechou-o na mão. A pequenina rede de rugas voltou a se estender em redor dos seus olhos. A fisionomia, tão aberta e lisa, repentinamente ficou envelhecida. Mas logo o sorriso reapareceu e as rugazinhas sumiram.

– Eu também te levei um dia para passear de barco, lembra?

Recostando a cabeça no ombro do homem, ela retardou o passo.

– Sabe, Ricardo, acho que você é mesmo meio glingue-glongue... Apesar de tudo, tenho às vezes saudade daquele tempo. Que ano aquele. Palavra que quando penso não entendo até hoje como agüentei tanto. Um ano!

— É que você tinha lido *A Dama das Camélias*, ficou assim toda frágil, toda sentimental. E agora? Que romance você está lendo agora?

— Nenhum — respondeu ela franzindo os lábios. Deteve-se para ler a inscrição de uma laje despedaçada: — *A minha querida esposa, eternas saudades.* — Fez um muxoxo. — Pois sim. Durou pouco essa eternidade.

Ele atirou o pedregulho num canteiro ressequido.

— Mas é esse abandono na morte que faz o encanto disto. Não se encontra mais a menor intervenção dos vivos, a estúpida intervenção dos vivos. Veja — disse, apontando uma sepultura fendida, a erva daninha brotando insólita de dentro da fenda — o musgo já cobriu o nome na pedra. Por cima do musgo, ainda virão as raízes, depois as folhas... Esta a morte perfeita, nem lembrança, nem saudade, nem o nome sequer. Nem isso.

Ela aconchegou-se mais a ele. Bocejou.

— Está bem, mas agora vamos embora que já me diverti muito, faz tempo que não me divirto tanto, só mesmo um cara como você podia me fazer divertir assim. — Deu-lhe um beijo rápido na face. — Chega, Ricardo, quero ir embora.

— Mais alguns passos...

— Mas este cemitério não acaba mais, já andamos quilômetros! — Olhou para trás. — Nunca andei tanto, Ricardo, vou ficar exausta.

— A boa vida te deixou preguiçosa? Que feio — lamentou ele, empurrando-a para a frente. — Dobrando esta alameda, fica o jazigo da minha gente, é de lá que se vê o pôr-do-sol. — E tomando-a pela cintura: — Sabe, Raquel, andei muitas vezes por aqui de mãos dadas com minha prima. Tínhamos então doze anos. Todos os domingos minha mãe vinha trazer flores e arrumar nossa capelinha onde já estava enterrado meu pai. Eu e minha priminha vínhamos com ela e ficávamos por aí, de mãos dadas, fazendo tantos planos. Agora as duas estão mortas.

— Sua prima também?

— Também. Morreu quando completou quinze anos. Não era propriamente bonita, mas tinha uns olhos... Eram assim verdes como os seus, parecidos com os seus. Extraordinário, Raquel, extraordinário como vocês duas... Penso que toda a beleza dela residia apenas nos olhos, assim meio oblíquos, tão brilhantes.

— Vocês se amaram?

— Ela me amou. Foi a única criatura que... — Fez um gesto. — Enfim, não tem importância.

Raquel tirou-lhe o cigarro, tragou e depois devolveu-o.

— Eu gostei de você, Ricardo.

— E eu te amei. E te amo ainda. Percebe agora a diferença?

Um pássaro rompeu o cipreste e soltou um grito. Ela estremeceu.

— Esfriou, não? Vamos embora.

— Já chegamos, meu anjo. Aqui estão meus mortos.

Pararam diante de uma capelinha coberta de alto a baixo por uma trepadeira selvagem, que a envolvia num furioso abraço de cipós e folhas. A estreita porta rangeu quando ele a abriu de par em par. A luz invadiu um cubículo de paredes enegrecidas, cheias de estrias de antigas goteiras. No centro do cubículo, um altar meio desmantelado, coberto por uma toalha que adquiria a cor do tempo. Dois vasos de desbotada opalina ladeavam um tosco crucifixo de madeira. Entre os braços da cruz, uma aranha tecera dois triângulos de teias já rompidas, pendendo como farrapos de um manto que alguém colocara sobre os ombros do Cristo. Na parede lateral, à direita da porta, uma portinhola de ferro dando acesso para uma escada de pedra, descendo em caracol para a catacumba.

Ela entrou na ponta dos pés, evitando roçar mesmo de leve naquelas ruínas.

– Que triste que é isto, Ricardo. Nunca mais você esteve aqui?

Ele tocou na face da imagem recoberta de poeira.

– Sei que você gostaria de encontrar tudo limpinho, flores nos vasos, velas, sinais da minha dedicação, certo? Mas já disse que o que mais amo neste cemitério é precisamente este abandono, esta solidão. As pontes com o outro mundo foram cortadas e aqui a morte se isolou total. Absoluta.

Ela adiantou-se e espiou através das enferrujadas barras de ferro da portinhola. Na semi-obscuridade do subsolo, os gavetões se estendiam ao longo das quatro paredes que formavam um estreito retângulo cinzento.

– E lá embaixo?

– Pois lá estão as gavetas. E, nas gavetas, minhas raízes. Pó, meu anjo, pó – murmurou ele. Abriu a portinhola e desceu a escada. Aproximou-se de uma gaveta no centro da parede, segurando firme na alça de bronze, como se fosse puxá-la. – A cômoda de pedra. Não é grandiosa?

Detendo-se no topo da escada, ela inclinou-se para ver melhor.

— Todas essas gavetas estão cheias?

— Cheias?... — Sorriu. — Só as que têm o retrato e a inscrição, está vendo? Nesta está o retrato da minha mãe, aqui ficou minha mãe – prosseguiu ele, tocando com as pontas dos dedos num medalhão esmaltado, embutido no centro da gaveta.

Ela cruzou os braços. Falou baixinho, um ligeiro tremor na voz.

— Vamos, Ricardo, vamos.

— Você está com medo.

— Claro que não, estou é com frio. Suba e vamos embora, estou com frio!

Ele não respondeu. Adiantara-se até um dos gavetões na parede oposta e acendeu um fósforo. Inclinou-se para o medalhão frouxamente iluminado.

— A priminha Maria Camila. Lembro até do dia em que tirou esse retrato. Foi duas semanas antes de morrer... Prendeu os cabelos com uma fita azul e veio se exibir, estou bonita? Estou bonita?... — Falava agora consigo mesmo, doce e gravemente. — Não, não é que fosse bonita, mas os olhos... Venha ver, Raquel, é impressionante como tinha olhos iguais aos seus.

Ela desceu a escada, encolhendo-se para não esbarrar em nada.

— Que frio faz aqui. E que escuro, não estou enxergando...

Acendendo outro fósforo, ele ofereceu-o à companheira.

— Pegue, dá para ver muito bem... — Afastou-se para o lado. — Repare nos olhos.

— Mas está tão desbotado, mal se vê que é uma moça... — Antes da chama se apagar, aproximou-a da inscrição feita na pedra. Leu em voz alta, lentamente.

– Maria Camila, nascida em vinte de maio de mil e oitocentos e falecida... – Deixou cair o palito e ficou um instante imóvel. – Mas esta não podia ser sua namorada, morreu há mais de cem anos! Seu menti...

Um baque metálico decepou-lhe a palavra pelo meio. Olhou em redor. A peça estava deserta. Voltou a olhar para a escada. No topo, Ricardo a observava por detrás da portinhola fechada. Tinha seu sorriso meio inocente, meio malicioso.

– Isto nunca foi o jazigo da sua família, seu mentiroso! Brincadeira mais cretina! – exclamou ela, subindo rapidamente a escada. – Não tem graça nenhuma, ouviu?

Ele esperou que ela chegasse quase a tocar o trinco da portinhola de ferro. Então deu uma volta à chave, arrancou-a da fechadura e saltou para trás.

– Ricardo, abre isto imediatamente! Vamos, imediatamente! – ordenou, torcendo o trinco. – Detesto este tipo de brincadeira, você sabe disso. Seu idiota! É no que dá seguir a cabeça de um idiota desses. Brincadeira mais estúpida!

– Uma réstia de sol vai entrar pela frincha da porta, tem uma frincha na porta. Depois, vai se afastando devagarinho, bem devagarinho. Você terá o pôr-do-sol mais belo do mundo.

Ela sacudia a portinhola.

– Ricardo, chega, já disse! Chega! Abre imediatamente, imediatamente! – Sacudiu a portinhola com mais força ainda, agarrou-se a ela, dependurando-se por entre as grades. Ficou ofegante, os olhos cheios de lágrimas. Ensaiou um sorriso. – Ouça, meu bem, foi engraçadíssimo, mas agora preciso ir mesmo, vamos, abre...

Ele já não sorria. Estava sério, os olhos diminuídos. Em redor deles, reapareceram as rugazinhas abertas em leque.

— Boa noite, Raquel.

— Chega, Ricardo! Você vai me pagar!... — gritou ela, estendendo os braços por entre as grades, tentando agarrá-lo. — Cretino! Me dá a chave desta porcaria, vamos! — exigiu, examinando a fechadura nova em folha. Examinou em seguida as grades cobertas por uma crosta de ferrugem. Imobilizou-se. Foi erguendo o olhar até a chave que ele balançava pela argola, como um pêndulo. Encarou-o, apertando contra a grade a face sem cor. Esbugalhou os olhos num espasmo e amoleceu o corpo. Foi escorregando.

— Não, não...

Voltado ainda para ela, Ricardo recuou até a porta e abriu os braços. Foi puxando as duas folhas escancaradas.

— Boa noite, meu anjo.

Os lábios dela se pregavam um ao outro, como se entre eles houvesse cola. Os olhos rodavam pesadamente numa expressão embrutecida.

— Não...

Guardando a chave no bolso ele retomou o caminho percorrido. No breve silêncio, o som dos pedregulhos se entrechocando úmidos sob seus sapatos. E, de repente, o grito medonho, inumano:

— NÃO!

Durante algum tempo ele ainda ouviu os gritos que se multiplicaram, semelhantes aos de um animal sendo estraçalhado. Depois, os uivos foram ficando mais remotos, abafados como se viessem das profundezas da terra. Assim que atingiu o portão do cemitério, lançou ao poente um olhar mortiço. Ficou atento. Nenhum ouvido humano escutaria agora qualquer chamado. Acendeu um cigarro e foi descendo a ladeira. Crianças ao longe brincavam de roda.

AS PÉROLAS

Demoradamente ele a examinava pelo espelho. "Está mais magra. Mas está mais bonita." Quando a visse, Roberto também pensaria o mesmo: "Está mais bonita assim".

Que iria acontecer? Tomás desviou o olhar para o chão. Pressentia a cena e com que nitidez: com naturalidade Roberto a levaria para a varanda e ambos se debruçariam no gradil. De dentro da casa iluminada, os sons do piano. E ali fora, no terraço deserto, os dois muito juntos se deixariam ficar olhando a noite. Conversariam? Claro que sim, mas só nos primeiros momentos. Logo atingiriam aquele estado em que as palavras são demais. Quietos e tensos, mas calados na sombra. Por quanto tempo? Impossível dizer, mas o certo é que ficariam sozinhos uma parte da festa, apoiados no gradil dentro da noite escura. Só os dois, lado a lado, em silêncio. O braço dele roçando no braço dela. O piano.

– Tomás, você está se sentindo bem? Que é, Tomás?!

Ele estremeceu. Agora era Lavínia que o examinava pelo espelho.

– Eu? Não, não se preocupe – disse ele, passando as pontas dos dedos pelo rosto. – Preciso fazer a barba...

– Tomás, você não me respondeu – insistiu ela.
– Você está bem?

– Claro que estou bem.

A ociosidade, a miserável ociosidade daqueles interrogatórios. "Você está bem?" O sorriso postiço. "Estou bem." A insistência era necessária. "Bem mesmo?" Oh Deus. "Bem mesmo." A pergunta exasperante: "Você quer alguma coisa?". A resposta invariável: "Não quero nada.".

"Não quero nada, isto é, quero viver. Apenas viver, minha querida, viver..." Com um movimento brando, ele ajeitou a cabeça no espaldar da poltrona. Parecia simples, não? Apenas viver. Esfregou a face na almofada de crochê. Relaxou os músculos. Uma ligeira vertigem turvou-lhe a visão. Fechou os olhos quando as tábuas do teto se comprimiram num balanço de onda. Esboçou um gesto impreciso em direção à mulher:

– Sinto-me tão bem.

– Pensei que você estivesse com alguma dor.

– Dor? Não. Eu estava mas era pensando.

Lavínia penteava os cabelos. Inclinara-se mais sobre a mesinha, de modo a poder ver melhor o marido que continuava estirado na sua poltrona, colocada um pouco atrás e à direita da banqueta na qual ela estava sentada.

– Pensando em coisas tristes?

– Não, até que não... – respondeu ele. Seria triste pensar, por exemplo, que enquanto ele ia apodrecer na terra ela caminharia ao sol de mãos dadas com outro? Hein?...

Era verdadeiramente espantosa a nitidez com que imaginava a cena: o piano inesgotável, o ar morno da noite de outubro, tinha ainda que ser outubro com aquele perfume indefinível da primavera. A folhagem parada. E os dois, ombro a ombro, palpitantes e controlados, olhos fixos na escuridão. "Lavínia e Roberto já foram embora?" – perguntaria alguém num sussurro. A resposta sussurrante, pesada de reticências: "Estão lá fora na varanda".

Cruzando os braços com um gesto brusco, ele esfregou o pijama nas axilas molhadas. Disfarçou o gesto e ali ficou alisando as axilas, como se sentisse uma vaga coceira. Cerrou os dentes. Por que nenhum convidado entrava naquele terraço? Por que não se rompiam, com estrépito, as cordas do piano? Ao menos – ao menos! – por que não desabava uma tempestade?

– A noite está firme?

– Firmíssima. Até lua tem.

Ele riu: – Imagine, até isso.

Lavínia apoiou o queixo nas mãos entrelaçadas. Lançou-lhe um olhar inquieto.

– Tomás, que mistério é esse?

– Não tem mistério nenhum, meu amor. Ao contrário, tudo me parece tão simples! Mas vamos, não se importe comigo, estou brincando com minhas idéias, aquela brincadeira de idéias conexas, você sabe... – Teve uma expressão sonolenta. – Mas você não vai se atrasar? Me parece que a reunião é às nove. Não é às nove?

– Ai! essa reunião. Estou com tanta vontade de ir como de me enforcar naquela porta. Vai ser uma chatice, Tomás, as reuniões lá sempre são chatíssimas, tudo igual, os sanduíches de galinha, o uísque ruim, o ponche doce demais.

– E Chopin, o Bóris não falha nunca. De Chopin você gosta.

— Ah, Tomás, não começa. Queria tanto ficar aqui com você.

Era verdade, ela preferia ficar, ela ainda o amava. Um amor meio esgarçado, sem alegria. Mas ainda amor. Roberto não passava de uma nebulosa imprecisa e que só seus olhos assinalavam à distância. No entanto, dentro de algumas horas, na aparente candura de uma varanda... Os acontecimentos se precipitando com uma rapidez de loucura, força de pedra que dormiu milênios e de repente estoura na avalancha. E estava em suas mãos impedir. Crispou-as dentro do bolso do roupão.

— Quero que você se distraia, Lavínia, sempre será mais divertido do que ficar aqui fechada. E, depois, é possível que desta vez não seja assim tão igual. Roberto deve estar lá.

— Roberto?

— Roberto, sim.

Ela teve um gesto brusco:

— Mas Roberto está viajando! Já voltou?

— Já, já voltou.

— Como é que você sabe?

— Ele telefonou outro dia, tinha me esquecido de dizer. Telefonou, queria nos visitar. Ficou de aparecer uma noite dessas.

— Imagine... — murmurou ela, voltando-se de novo para o espelho. Com um fino pincel, pôs-se a delinear os olhos. Falou devagar, sem mover qualquer músculo da face. — Já faz mais de um ano que ele sumiu.

— É, faz mais de um ano.

Paciente Roberto. Pacientíssimo Roberto.

— E não se casou por lá?

Ele tentou vê-la através do espelho, mas agora ela baixara a cabeça. Mergulhava a ponta do pincel no vidro. Repetiu a pergunta:

— Ele não se casou por lá? Hein?... Não se casou, Tomás?

— Não, não se casou.

— Vai acabar solteirão.

Tomás teve um sorriso lento. Respirou penosamente, de boca aberta. E voltou o rosto para o outro lado. "Meu Deus." Apertou os olhos que foram se reduzindo, concentrados no vaso de gerânios no peitoril da janela. "Eles sabem que nem chegarei a ver este botão desabrochar." Estendeu a mão ávida em direção à planta, colheu furtivamente alguns botões. Esmigalhou-os entre os dedos. Relaxou o corpo. E cerrou os olhos, a fisionomia em paz. Falou num tom suave:

— Você vai chegar atrasada.

— Melhor, ficarei menos tempo.

— Vai me dizer depois se gostou ou não. Mas tem que dizer mesmo.

— Digo, sim.

Depois ela não lhe diria mais nada. Seria o primeiro segredo entre os dois, a primeira névoa baixando densa, mais densa, separando-os como um muro embora caminhassem lado a lado. Viu-a perdida em meio da cerração, o rosto indistinto, a forma irreal. Encolheu-se no fundo da poltrona, uma mão escondida na outra, caramujo gelado rolando na areia, solidão, solidão. "Lavínia, não me abandone já, deixe ao menos eu partir primeiro!" A boca salgada de lágrimas. "Ao menos eu partir primeiro..." Retesou o tronco, levantou a cabeça. Era cruel. "Não podem fazer isso comigo, eu ainda estou vivo, ouviram bem? Vivo!"

— Ratos.

— Que ratos?

— Ratos, querida, ratos — disse e sorriu da própria voz aflautada. — Já viu um rato bem de perto? Tinha muito rato numa pensão onde morei. De dia ficavam enrustidos, mas de noite se punham insolentes, entravam nos armários, roíam o assoalho, roque-roque... Eu batia no chão para eles pararem e nas primeiras vezes eles pararam mesmo, mas depois foram se acostumando com minhas batidas e no fim eu podia atirar até uma bomba que continuavam roque-roque-roque-roque... Mas aí eu também já estava acostumado. Uma noite um deles andou pela minha cara. As patinhas são frias.

— Que coisa horrível, Tomás!

— Há piores.

A varanda. Lá dentro, o piano, sons melosos escorrendo num Chopin de bairro, as notas se acavalando no desfibramento de quem pede perdão, "estou tão destreinado, esqueci tudo!". O incentivo ainda mais torpe, "ora, está tão bom, continue!". Mas nem de rastros os sons penetravam realmente no silêncio da varanda, silêncio conivente isolando os dois numa aura espessa, de se cortar com faca. Então Roberto perguntaria naquele tom interessado, tão fraterno: "E o Tomás?". O descarado. À espera da resposta inevitável, o crápula. À espera da confissão que nem a si mesma ela tivera coragem de fazer: "Está cada vez pior". Ele pousaria de leve a mão no seu ombro, como a lhe dizer: "Eu estou ao seu lado, conte comigo". Mas não lhe diria isso, não lhe diria nada, ah, Roberto era oportuno demais para dizer qualquer coisa, ele apenas pousaria a mão no ombro dela e com esse gesto estaria dizendo tudo, "eu te amo, Lavínia, eu te amo".

— Vou molhar os cabelos, estão secos como palha — queixou-se ela. E voltou-se para o homem: — Tomás, que tal um copo de leite?

Leite. Ela lhe oferecia leite. Contraiu os maxilares.

— Não quero nada.

Diante do espelho, ela deslizou os dedos pelo corpo, arrepanhando o vestido nos quadris. Parecia desatenta, fatigada.

— Está largo demais, quem sabe é melhor ir com o verde?

— Mas você fica melhor de preto — disse ele, passando a ponta da língua pelos lábios gretados.

Roberto gostaria de vê-la assim, magra e de preto, exatamente como naquele jantar. Ela nem se lembrava mais, pelo menos *ainda* não se lembrava, mas ele revia como se tivesse sido na véspera, aquela noite há quase dez anos.

Dois dias antes do casamento. Lavínia estava assim mesmo, toda vestida de preto. Como única jóia, trazia seu colar de pérolas, precisamente aquele que estava ali, na caixa de cristal. Roberto fora o primeiro a chegar. Estava eufórico: "Que elegância, Lavínia! Como lhe vai bem o preto, nunca te vi tão linda. Se eu fosse você, faria o vestido de noiva preto. E estas pérolas? Presente do noivo?". Sim, parecia satisfeitíssimo, mas no fundo do seu sorriso, sob a frivolidade dos galanteios, lá no fundo, só ele, Tomás, adivinhava qualquer coisa de sombrio. Não, não era ciúme nem propriamente mágoa, mas qualquer coisa assim com o sabor sarcástico de uma advertência: "Fique com ela, fique com ela por enquanto. Depois veremos". Depois era agora.

A varanda, floreios de Chopin se diluindo no silêncio, vago perfume de folhagem, vago luar, tudo vago. Nítidos, só os dois, tão nítidos. Tão exatos. A conversa fragmentada, mariposa sem alvo deixando aqui e ali o pólen de prata das asas, "e aquele jantar, hein, Lavínia?". Ah, aquele jantar. "Foi há mais de dez anos, não foi?" Ele demoraria para responder. "No final, você lembra?, recitei Geraldy. Eu estava meio bêbado, mas disse o poema inteiro, não encontrei nada melhor para te saudar, lembra?" Ela ficaria séria. E um tanto perturbada, levaria a mão ao colar de pérolas, gesto tão seu quando não sabia o que dizer: tomava entre os dedos a conta maior do fio e ficava a rodá-la devagar. Sim, como não? Lembrava-se perfeitamente, só que o verso adquiria agora um novo sentido, não, não era mais o cumprimento galante para arreliar o noivo. Era a confissão profunda, grave: "Se eu te amasse, se tu me amasses, como nós nos amaríamos!".

– Podia usar o cinto – murmurou ela, voltando a apanhar o vestido nas costas. Dirigiu-se ao banheiro. – Paciência, ninguém vai reparar muito em mim.

"Só Roberto" – ele quis dizer. Esfregou vagarosamente as mãos. Examinou as unhas. "Têm que estar muito limpas", lembrou, entrelaçando os dedos. Levou as mãos ao peito e vagou o olhar pela mesa: a esponja, o perfume, a escova, os grampos, o colar de pérolas... Através do vidro da caixa, ele via o colar. Ali estavam as pérolas que tinham atraído a atenção de Roberto: rosadas e falsas, mas singularmente brilhantes. Voltando ao quarto, ela poria o colar, distraída, inconsciente ainda de tudo quanto a esperava. No entanto, se lhe pedisse, "Lavínia, não vá", se lhe dissesse isto uma única vez, "não vá, fica comigo!".

Vergou o tronco até tocar o queixo nos joelhos, o suor escorrendo ativo pela testa, pelo pescoço, a boca retorcida, "meu Deus!". O quarto rodopiava e numa das voltas sentiu-se arremessado pelo espaço, uma pedra subindo aguda até o limite do grito. E a queda desamparada no infinito, "Lavínia, Lavínia!...". Fechou os olhos e tombou no fundo da poltrona, tão gelado e tão exausto que só pôde desejar que Lavínia não entrasse naquele instante, não queria que ela o encontrasse assim, a boca ainda escancarada na convulsão da náusea. Puxou o xale até o pescoço. Agora era o cansaço atroz que o fazia sentir-se uma coisa miserável, sem forças sequer para abrir os olhos. "Meu Deus." Passou a mão na testa, mas a mão também estava úmida. "Meu Deus meu Deus meu Deus" – ficou repetindo meio distraidamente. Esfregou as mãos no tecido esponjoso da poltrona, acelerando o movimento. Ninguém podia ajudá-lo, ninguém. Pensou na mãe, na mulherzinha raquítica e esmolambenta que nada tivera na vida, nada a não ser aqueles olhos poderosos, desvendadores. Dela herdara o dom de pressentir. "Eu já sabia", ela costumava dizer quando vinham lhe dar as notícias. "Eu já sabia", ficava repetindo obstinadamente, apertando os olhos de cigana. "Mas, se você sabia, por que então não fez alguma coisa para impedir?!" – gritava o marido, a sacudi-la como um trapo. Ela ficava menorzinha nas mãos do homem, mas cresciam assustadores os olhos de ver na distância. "Fazer o quê? Que é que eu podia fazer senão esperar?"

"Senão esperar", murmurou ele, voltando o olhar para o fio de pérolas enrodilhado na caixa. Ficou ouvindo a água escorrendo na torneira.

– Você vai chegar atrasada!

O jorro foi interceptado pelo dique do pente.

– Não tem importância, amor.

Num movimento ondulante, ele se pôs na beirada da poltrona, o tronco inclinado, o olhar fixo.

– Está se esmerando, hein?

– Nada disso, é que não acerto com o penteado.

– Seus grampos ficaram aqui. Você não quer os grampos? – disse ele. E num salto, aproximou-se da mesa, apanhou o colar de pérolas, meteu-o no bolso e voltou à poltrona. – Não vai precisar de grampos?

– Não, já acabei, até que ficou melhor do que eu esperava.

Ele respirou de boca aberta, arquejante. Sorriu quando a viu entrar.

– Ficou lindo. Gosto tanto quando você prende o cabelo.

– Não vejo é o meu colar – murmurou ela, abrindo a caixa de cristal. Franziu as sobrancelhas: – Parece que ainda agora estava por aqui...

– O de pérolas? Parece que vi também. Mas não está dentro da caixa?

– Não, não está. Que coisa mais misteriosa! Eu tinha quase certeza.

Agora ela revolvia as gavetas. Abriu caixas, apalpou os bolsos das roupas.

– Não se preocupe com isso, meu bem, você deve ter esquecido em algum lugar. Já é tarde, procuraremos amanhã – disse ele, baixando os olhos. Brincou com o pingente da cortina. – Prometi te dar um colar verdadeiro, lembra, Lavínia? E nunca pude cumprir a promessa.

Ela remexia as gavetas da cômoda. Tirou a tampa de uma caixinha prateada, despejou-a e ficou olhando para o fundo de veludo da caixa vazia.

– Eu tinha idéia que... – Voltou até a mesa, abriu pensativa o frasco de perfume, umedeceu as pontas dos dedos. Tapou o frasco e levou a mão ao pescoço. – Mas não é mesmo incrível?

– Decerto você guardou noutro lugar e esqueceu.

– Não, não, ele estava por aqui, tenho quase a certeza de que há pouco... – Sorriu voltando-se para o espelho. Interrogou o espelho. – Ou foi mesmo noutro lugar? Ah! lá sei – suspirou, apanhando a carteira. Escovou com cuidado a seda já puída. – Que pena, o colar faz falta quando ponho este vestido, nenhum outro serve, só ele.

– Faz falta, sim – murmurou Tomás, segurando com firmeza o colar no fundo do bolso. E riu. – Que loucura.

– Hum? Que foi que você disse?

Tudo ia acontecer como ele previra, tudo ia se desenrolar com a naturalidade do inevitável, mas alguma coisa ele conseguira modificar, alguma coisa ele subtraíra da cena e agora estava ali na sua mão: um acessório, um mesquinho acessório, mas indispensável para completar o quadro. Tinha a varanda, tinha Chopin, tinha o luar, mas faltavam as pérolas. Levantou a cabeça.

– Como pode ser, Tomás? Posso jurar que vi por aqui mesmo!

– Vamos, meu bem, não pense mais nisso. Umas pobres pérolas. Ainda te darei pérolas verdadeiras, nem que tenha que ir buscá-las no fundo do mar!

Ela afagou-lhe os cabelos. Ajeitou o xale para cobrir-lhe os pés e animou-se também.

– Pérolas da nossa ilha, hein, Tomás?

– Da nossa ilha. Um colar compridíssimo, milhares e milhares de voltas.

Baixando os olhos brilhantes de lágrimas, ela inclinou-se para beijá-lo.

– Não demoro.

Quando a viu desaparecer, ele tirou o colar do bolso. Apertou-o fortemente, tentando triturá-lo, mas, ao ver que as pérolas resistiam, escapando-lhe por entre os dedos, sacudiu-as com violência na gruta da mão. O entrechocar das contas produzia um som semelhante a uma risada. Sacudiu-as mais e riu: era como se tivesse prendido um duendezinho que agora se divertia em soltar risadinhas rosadas e falsas. Ficou sacudindo as pérolas, levando-as junto do ouvido. "Peguei-o, peguei-o" – murmurou, soprando malicioso pelo vão das mãos em concha. Ergueu-se e ficou sério, os olhos escancarados, voltado para o ruído do portão de ferro se fechando.

– Lavínia! Lavínia! – ele gritou, correndo até a janela. Abriu-a. – Lavínia, espere!

Ela parou no meio da calçada e ergueu a cabeça, assustada. Retrocedeu. Ele teve um olhar tranqüilo para a mulher banhada de luar.

– Que foi, Tomás? Que foi?

– Achei seu colar de pérolas. Tome – disse, estendendo o braço. Deixou que o fio lhe escorresse por entre os dedos.

O MENINO

Sentou-se num tamborete, fincou os cotovelos nos joelhos, apoiou o queixo nas mãos e ficou olhando para a mãe. Agora ela escovava os cabelos muito louros e curtos, puxando-os para trás. E os anéis se estendiam molemente para em seguida voltarem à posição anterior, formando uma coroa de caracóis sobre a testa. Deixou a escova, apanhou um frasco de perfume, molhou as pontas dos dedos, passou-os nos lóbulos das orelhas, no vértice do decote e em seguida umedeceu um lencinho de rendas. Através do espelho, olhou para o menino. Ele sorriu também, era linda, linda, linda! Em todo o bairro não havia uma moça linda assim.

– Quantos anos você tem, mamãe?

– Ah, que pergunta! Acho que trinta ou trinta e um, por aí, meu amor, por aí... Quer se perfumar também?

– Homem não bota perfume.

– Homem, homem! – Ela inclinou-se para beijá-lo. – Você é um nenenzinho, ouviu bem? É o meu nenenzinho.

O menino afundou a cabeça no colo perfumado. Quando não havia ninguém olhando, achava maravilhoso ser afagado como uma criancinha. Mas era preciso mesmo que não houvesse ninguém por perto.

— Agora vamos que a sessão começa às oito – avisou ela, retocando apressadamente os lábios.

O menino deu um grito, montou no corrimão da escada e foi esperá-la embaixo. Da porta, ouviu-a dizer à empregada que avisasse ao doutor que tinham ido ao cinema.

Na rua, ele andava pisando forte, o queixo erguido, os olhos acesos. Tão bom sair de mãos dadas com a mãe. Melhor ainda quando o pai não ia junto porque assim ficava sendo o cavalheiro dela. Quando crescesse haveria de se casar com uma moça igual. Anita não servia que Anita era sardenta. Nem Maria Inês com aqueles dentes saltados. Tinha que ser igualzinha à mãe.

— Você acha a Maria Inês bonita, mamãe?
— É bonitinha, sim.
— Ah! tem dentão de elefante.

E o menino chutou um pedregulho. Não, tinha que ser assim como a mãe, igualzinha à mãe. E com aquele perfume.

— Como é o nome do seu perfume?
— *Vent Vert*. Por que, filho? Você acha bom?
— Que é que quer dizer isso?
— Vento Verde.

Vento verde, vento verde. Era bonito, mas existia vento verde? Vento não tinha cor, só cheiro. Riu.

— Posso te contar uma anedota, mãe? Posso?
— Se for anedota limpa, pode.
— Não é limpa não.
— Então não quero saber.
— Mas por que, pô!?
— Eu já disse que não quero que você diga *pô*.

Ele chutou uma caixa de fósforos. Pisou-a em seguida.

– Olha, mãe, a casa do Júlio...

Júlio conversava com alguns colegas no portão. O menino fez questão de cumprimentá-los em voz alta para que todos se voltassem e ficassem assim mudos, olhando. Vejam, esta é minha mãe! – teve vontade de gritar-lhes. Nenhum de vocês tem uma mãe linda assim! E lembrou deliciado que a mãe de Júlio era grandalhona e sem graça, sempre de chinelo e consertando meia. Júlio devia estar agora roxo de inveja.

– Ele é bom aluno? Esse Júlio.

– Que nem eu.

– Então não é.

O menino deu uma risadinha.

– Que fita a gente vai ver?

– Não sei, meu bem.

– Você não viu no jornal? Se for fita de amor, não quero! Você não viu no jornal, hein, mamãe?

Ela não respondeu. Andava agora tão rapidamente que às vezes o menino precisava andar aos pulos para acompanhá-la. Quando chegaram à porta do cinema, ele arfava. Mas tinha no rosto uma vermelhidão feliz.

A sala de espera estava vazia. Ela comprou os ingressos e em seguida, como se tivesse perdido toda a pressa, ficou tranqüilamente encostada a uma coluna, lendo o programa. O menino deu-lhe um puxão na saia.

– Mãe, mas o que é que você está fazendo?! A sessão já começou, já entrou todo mundo, pô!

Ela inclinou-se para ele. Falou num tom muito suave, mas os lábios se apertavam comprimindo as palavras e os olhos tinham aquela expressão que o menino conhecia muito bem: nunca se exaltava, nunca elevava a voz. Mas ele sabia que quando ela falava assim, nem súplicas nem lágrimas conseguiam fazê-la voltar atrás.

– Sei que já começou mas não vamos entrar agora, ouviu? Não vamos entrar agora, espera.

O menino enfiou as mãos nos bolsos e enterrou o queixo no peito. Lançou à mãe um olhar sombrio. Por que é que não entravam logo? Tinham corrido feito dois loucos e agora aquela calma, *espera*. Esperar o que, pô?!...

– É que a gente já está atrasado, mãe.

– Vá ali no balcão comprar chocolate – ordenou ela, entregando-lhe uma nota nervosamente amarfanhada.

Ele atravessou a sala num andar arrastado, chutando as pontas de cigarro pela frente. Ora, chocolate. Quem é que quer chocolate? E se o enredo fosse de crime, quem é que ia entender chegando assim começado? Sem nenhum entusiasmo, pediu um tablete de chocolate. Vacilou um instante e pediu em seguida um tubo de drágeas de limão e um pacote de caramelos de leite, pronto, também gastava à beça. Recebeu o troco de cara fechada. Ouviu então os passos apressados da mãe que lhe estendeu a mão com impaciência:

– Vamos, meu bem, vamos entrar.

Num salto, o menino pôs-se ao lado dela. Apertou-lhe a mão freneticamente.

– Depressa que a fita já começou, não está ouvindo a música?

Na escuridão, ficaram um instante parados, envolvidos por um grupo de pessoas, algumas entrando, outras saindo. Foi quando ela resolveu.

— Venha vindo atrás de mim.

Os olhos do menino devassavam a penumbra. Apontou para duas poltronas vazias.

— Lá, mãezinha, lá tem duas, vamos lá!

Ela olhava para um lado, para outro, e não se decidia.

— Mãe, aqui tem mais duas, está vendo? Aqui não está bom? – insistiu ele, puxando-a pelo braço. E olhava aflito para a tela, e olhava de novo para as poltronas vazias que apareciam aqui e ali como coágulos de sombra. – Lá tem mais duas, está vendo?

Ela adiantou-se até as primeiras filas e voltou em seguida até o meio do corredor. Vacilou ainda um momento. E decidiu-se. Impeliu-o suave, mas resolutamente.

— Entre aí.

— Licença? Licença?... – ele foi pedindo. Sentou-se na primeira poltrona desocupada que encontrou, ao lado de uma outra desocupada também. – Aqui, não é, mãe?

— Não, meu bem, ali adiante – murmurou ela, fazendo-o levantar-se. Indicou os três lugares vagos quase no fim da fileira. – Lá é melhor.

Ele resmungou, pediu "licença, licença?", e deixou-se cair pesadamente no primeiro dos três lugares. Ela sentou-se em seguida.

— Ih, é fita de amor, pô!

— Quieto, sim?

O menino pôs-se na beirada da poltrona. Esticou o pescoço, olhou para a direita, para a esquerda, remexeu-se:

— Essa bruta cabeçona aí na frente!

— Quieto, já disse.

— Mas é que não estou enxergando direito, mãe! Troca comigo que não estou enxergando!

Ela apertou-lhe o braço. Esse gesto ele conhecia bem e significava apenas: não insista!

— Mas, mãe...

Inclinando-se até ele, ela falou-lhe baixinho, naquele tom perigoso, meio entre os dentes e que era usado quando estava no auge: um tom tão macio que quem a ouvisse julgaria que ela lhe fazia um elogio. Mas só ele sabia o que havia debaixo daquela maciez.

— Não quero que mude de lugar, está me escutando? Não quero. E não insista mais.

Contendo-se para não dar um forte pontapé na poltrona da frente, ele enrolou o pulôver como uma bola e sentou-se em cima. Gemeu. Mas por que aquilo tudo? Por que a mãe lhe falava daquele jeito, por quê? Não fizera nada de mal, só queria mudar de lugar, só isso... Não, desta vez ela não estava sendo nem um pouquinho camarada. Voltou-se então para lembrar-lhe que estava chegando muita gente, se não mudasse de lugar imediatamente, depois não poderia mais porque aquele era o último lugar vago que restava, "olha aí, mamãe, acho que aquele homem vem pra cá!". Veio. Veio e sentou-se na poltrona vazia ao lado dela.

O menino gemeu, "ai! meu Deus...". Pronto. Agora é que não haveria mesmo nenhuma esperança. E aqueles dois enjoados lá na fita numa conversa comprida que não acabava mais, ela vestida de enfermeira, ele de soldado, mas por que o tipo não ia pra guerra, pô!... E a cabeçona da mulher na sua frente indo e vindo para a esquerda, para a direita, os cabelos armados a flutuarem na tela como teias monstruosas de uma aranha. Um punhado de fios formava um frouxo topete que chegava até o queixo da artista. O menino deu uma gargalhada.

— Mãe, daqui eu vejo a mocinha de cavanhaque!

— Não faça assim, filho, a fita é triste... Olha, presta atenção, agora ele vai ter que fugir com outro nome... O padre vai arrumar o passaporte.

— Mas por que ele não vai pra guerra duma vez?

— Porque ele é contra a guerra, filho, ele não quer matar ninguém — sussurrou-lhe a mãe num tom meigo. Devia estar sorrindo e ele sorriu também, ah! que bom, a mãe não estava mais nervosa, não estava mais nervosa! As coisas começavam a melhorar e para maior alegria, a mulher da poltrona da frente levantou-se e saiu. Diante dos seus olhos apareceu o retângulo inteiro da tela.

— Agora sim! — disse baixinho, desembrulhando o tablete de chocolate. Meteu-o inteiro na boca e tirou os caramelos do bolso para oferecê-los à mãe. Então viu: a mão pequena e branca, muito branca, deslizou pelo braço da poltrona e pousou devagarinho nos joelhos do homem que acabara de chegar.

O menino continuou olhando, imóvel. Pasmado. Por que a mãe fazia aquilo?! Por que a mãe fazia aquilo?!... Ficou olhando sem nenhum pensamento, sem nenhum gesto. Foi então que as mãos grandes e morenas do homem tomaram avidamente a mão pequena e branca. Apertaram-na com tanta força que pareciam querer esmagá-la.

O menino estremeceu. Sentiu o coração bater descompassado, bater como só batera naquele dia na fazenda, quando teve de correr como louco, perseguido de perto por um touro. O susto ressecou-lhe a boca. O chocolate foi-se transformando numa massa viscosa e amarga. Engoliu-o com esforço, como se fosse uma bola de papel. Redondos e estáticos, os olhos cravaram-se na tela. Moviam-se as imagens sem sentido num sonho fragmentado. Os letreiros dançavam e se fundiam pesadamente, como chumbo derretido. Mas o menino continuava imóvel, olhando obstinadamente. Um bar em Tóquio, brigas, a fuga do moço de capa perseguido pela sereia da polícia, mais brigas numa esquina, tiros. A mão pequena e branca a deslizar no escuro como um bicho. Torturas e gritos nos corredores paralelos da prisão, os homens agarrando as portas de grade, mais conspirações. Mais homens. A mão pequena e branca. A fuga, os faróis na noite, os gritos, mais tiros, tiros. O carro derrapando sem freios. Tiros. Espantosamente nítido em meio do fervilhar de sons e falas – e ele não queria, não queria ouvir! – o ciciar delicado dos dois num diálogo entre os dentes.

Antes de terminar a sessão – mas isso não acaba mais, não acaba? –, ele sentiu, mais do que sentiu, adivinhou a mão pequena e branca desprender-se das mãos morenas. E, do mesmo modo manso como avançara, recuar deslizando pela poltrona e voltar a se unir à mão que ficara descansando no regaço. Ali ficaram entrelaçadas e quietas como estiveram antes.

– Está gostando, meu bem? – perguntou ela, inclinando-se para o menino.

Ele fez que sim com a cabeça, os olhos duramente fixos na cena final. Abriu a boca quando o moço também abriu a sua para beijar a enfermeira. Apertou os olhos enquanto durou o beijo. Então o homem levantou-se embuçado na mesma escuridão em que chegara. O menino retesou-se, os maxilares contraídos, trêmulo. Fechou os punhos. "Eu pulo no pescoço dele, eu esgano ele!"

O olhar desvairado estava agora nas espáduas largas interceptando a tela como um muro negro. Por um brevíssimo instante ficaram paradas em sua frente. Próximas, tão próximas. Sentiu a perna musculosa do homem roçar no seu joelho, esgueirando-se rápida. Aquele contato foi como ponta de um alfinete num balão de ar. O menino foi-se descontraindo. Encolheu-se murcho no fundo da poltrona e pendeu a cabeça para o peito.

Quando as luzes se acenderam, teve um olhar para a poltrona vazia. Olhou para a mãe. Ela sorria com aquela mesma expressão que tivera diante do espelho, enquanto se perfumava. Estava corada, brilhante.

– Vamos, filhote?

Estremeceu quando a mão dela pousou no seu ombro. Sentiu-lhe o perfume. E voltou depressa a cabeça para o outro lado, a cara pálida, a boca apertada como se fosse cuspir. Engoliu penosamente. De assalto, a mão dela agarrou a sua. Sentiu-a quente, macia. Endureceu as pontas dos dedos, retesado: queria cravar as unhas naquela carne.

– Ah, não quer mais andar de mãos dadas comigo? Hein, filhote?

Ele inclinara-se, demorando mais do que o necessário para dobrar a barra da calça rancheira.

– É que não sou mais criança.

– Ah, o nenenzinho cresceu? Cresceu? – Ela riu baixinho. Beijou-lhe o rosto. – Não anda mais de mão dada?

O menino esfregou as pontas dos dedos na umidade dos beijos no queixo, na orelha. Limpou as marcas com a mesma expressão com que limpava as mãos nos fundilhos da calça quando cortava as minhocas para o anzol.

Na caminhada de volta, ela falou sem parar, comentando excitada o enredo do filme. Explicando. Ele respondia por monossílabos.

– Mas que é que você tem, filho? Ficou mudo.

– Está me doendo o dente.

– Outra vez? Quer dizer que fugiu do dentista? Você tinha hora ontem, não tinha?

– Ele botou uma massa. Está doendo – murmurou, inclinando-se para apanhar uma folha seca. Triturou-a no fundo do bolso. E respirou abrindo a boca. – Como dói, pô.

– Assim que chegarmos você toma uma aspirina. Mas não diga, por favor, essa palavrinha que detesto.

– Não digo mais.

Diante da casa de Júlio, instintivamente ele retardou o passo. Teve um olhar para a janela acesa. Vislumbrou uma sombra disforme passar através da cortina.

– Dona Margarida.

– Hum?

– A mãe do Júlio.

Quando entraram na sala, o pai estava sentado na cadeira de balanço, lendo o jornal. Como todas as noites, como todas as noites. O menino estacou na porta. A certeza de que alguma coisa terrível ia acontecer paralisou-o atônito, obumbrado. O olhar em pânico procurou as mãos do pai.

– Então, meu amor, lendo o seu jornalzinho? – perguntou ela, beijando o homem na face. – Mas a luz não está muito fraca?

– A lâmpada maior queimou, liguei essa por enquanto – disse ele, tomando a mão da mulher. Beijou-a demoradamente. – Tudo bem?

— Tudo bem.

O menino mordeu o lábio até sentir gosto de sangue na boca. Como nas outras noites, igual. Igual.

— Então, filho? Gostou da fita? – perguntou o pai, dobrando o jornal. Estendeu a mão ao menino e com a outra começou a acariciar o braço nu da mulher.

— Pela sua cara, desconfio que não.

— Gostei, sim.

— Ah, confessa, filhote, você detestou, não foi? – contestou ela. – Nem eu entendi direito, uma complicação dos diabos, espionagem, guerra, máfia... Você não podia ter entendido.

— Entendi. Entendi tudo – ele quis gritar e a voz saiu num sopro tão débil que só ele ouviu.

— E ainda com dor de dente! – acrescentou ela, desprendendo-se do homem e subindo a escada. – Ah, já ia esquecendo a aspirina!

O menino voltou para a escada os olhos cheios de lágrimas.

— Que é isso? – estranhou o pai. – Parece até que você viu assombração. Que foi?

O menino encarou-o demoradamente. Aquele era o pai. O pai. Os cabelos grisalhos. Os óculos pesados. O rosto feio e bom.

— Pai... – murmurou, aproximando-se. E repetiu num fio de voz: – Pai...

— Mas meu filho, que aconteceu? Vamos, diga!

— Nada. Nada.

Fechou os olhos para prender as lágrimas. Envolveu o pai num apertado abraço.

AS FORMIGAS

Quando minha prima e eu descemos do táxi já era quase noite. Ficamos imóveis diante do velho sobrado de janelas ovaladas, iguais a dois olhos tristes, um deles vazado por uma pedrada. Descansei a mala no chão e apertei o braço da prima.

– É sinistro.

Ela me impeliu na direção da porta. Tínhamos outra escolha? Nenhuma pensão nas redondezas oferecia um preço melhor a duas pobres estudantes, com liberdade de usar o fogareiro no quarto, a dona nos avisara por telefone que podíamos fazer refeições ligeiras com a condição de não provocar incêndio. Subimos a escada velhíssima, cheirando a creolina.

– Pelo menos não vi sinal de barata – disse minha prima.

A dona era uma velha balofa, de peruca mais negra do que a asa da graúna. Vestia um desbotado pijama de seda japonesa e tinha as unhas aduncas recobertas por uma crosta de esmalte vermelho-escuro descascado nas pontas encardidas. Acendeu um charutinho.

– É você que estuda medicina? – perguntou soprando a fumaça na minha direção.

– Estudo direito. Medicina é ela.

A mulher nos examinou com indiferença. Devia estar pensando em outra coisa quando soltou uma baforada tão densa que precisei desviar a cara. A saleta era escura, atulhada de móveis velhos, desparelhados. No sofá de palhinha furada no assento, duas almofadas que pareciam ter sido feitas com os restos de um antigo vestido, os bordados salpicados de vidrilho.

– Vou mostrar o quarto, fica no sótão – disse ela em meio a um acesso de tosse. Fez um sinal para que a seguíssemos. – O inquilino antes de vocês também estudava medicina, tinha um caixotinho de ossos que esqueceu aqui, estava sempre mexendo neles.

Minha prima voltou-se:

– Um caixote de ossos?

A mulher não respondeu, concentrada no esforço de subir a estreita escada de caracol que ia dar no quarto. Acendeu a luz. O quarto não podia ser menor, com o teto em declive tão acentuado que nesse trecho teríamos que entrar de gatinhas. Duas camas, dois armários e uma cadeira de palhinha pintada de dourado. No ângulo onde o teto quase se encontrava com o assoalho, estava um caixotinho coberto com um pedaço de plástico. Minha prima largou a mala e pondo-se de joelhos puxou o caixotinho pela alça de corda. Levantou o plástico. Parecia fascinada.

– Mas que ossos tão miudinhos! São de criança?

– Ele disse que eram de adulto. De um anão.

– De um anão? É mesmo, a gente vê que já estão formados... Mas que maravilha, é raro à beça esqueleto de anão. E tão limpo, olha aí – admirou-se ela. Trouxe na ponta dos dedos um pequeno crânio de uma brancura de cal. – Tão perfeito, todos os dentinhos!

— Eu ia jogar tudo no lixo, mas se você se interessa pode ficar com ele. O banheiro é aqui ao lado, só vocês é que vão usar, tenho o meu lá embaixo. Banho quente, extra. Telefone, também. Café das sete às nove, deixo a mesa posta na cozinha com a garrafa térmica, fechem bem a garrafa – recomendou coçando a cabeça. A peruca se deslocou ligeiramente. Soltou uma baforada final: – Não deixem a porta aberta senão meu gato foge.

Ficamos nos olhando e rindo enquanto ouvíamos o barulho dos seus chinelos de salto na escada. E a tosse encatarrada.

Esvaziei a mala, dependurei a blusa amarrotada num cabide que enfiei num vão da veneziana, prendi na parede, com durex, uma gravura de Grassmann e sentei meu urso de pelúcia em cima do travesseiro. Fiquei vendo minha prima subir na cadeira, desatarraxar a lâmpada fraquíssima que pendia de um fio solitário no meio do teto e no lugar atarraxar uma lâmpada de duzentas velas que tirou da sacola. O quarto ficou mais alegre. Em compensação, agora a gente podia ver que a roupa de cama não era tão alva assim, alva era a pequena tíbia que ela tirou de dentro do caixotinho. Examinou-a. Tirou uma vértebra e olhou pelo buraco tão reduzido como o aro de um anel. Guardou-as com a delicadeza com que se amontoam ovos numa caixa.

— Um anão. Raríssimo, entende? E acho que não falta nenhum ossinho, vou trazer as ligaduras, quero ver se no fim da semana começo a montar ele.

Abrimos uma lata de sardinha que comemos com pão, minha prima tinha sempre alguma lata escondida, costumava estudar até a madrugada e depois fazia sua ceia. Quando acabou o pão, abriu um pacote de bolacha Maria.

– De onde vem esse cheiro? – perguntei farejando. Fui até o caixotinho, voltei, cheirei o assoalho.
– Você não está sentindo um cheiro meio ardido?

– É de bolor. A casa inteira cheira assim – ela disse. E puxou o caixotinho para debaixo da cama.

No sonho, um anão louro de colete xadrez e cabelo repartido no meio entrou no quarto fumando charuto. Sentou-se na cama da minha prima, cruzou as perninhas e ali ficou muito sério, vendo-a dormir. Eu quis gritar, tem um anão no quarto!, mas acordei antes. A luz estava acesa. Ajoelhada no chão, ainda vestida, minha prima olhava fixamente algum ponto do assoalho.

– Que é que você está fazendo aí? – perguntei.

– Essas formigas. Apareceram de repente, já enturmadas. Tão decididas, está vendo?

Levantei e dei com as formigas pequenas e ruivas que entravam em trilha espessa pela fresta debaixo da porta, atravessavam o quarto, subiam pela parede do caixotinho de ossos e desembocavam lá dentro, disciplinadas como um exército em marcha exemplar.

– São milhares, nunca vi tanta formiga assim. E não tem trilha de volta, só de ida – estranhei.

– Só de ida.

Contei-lhe meu pesadelo com o anão sentado em sua cama.

– Está debaixo dela – disse minha prima e puxou para fora o caixotinho. Levantou o plástico. – Preto de formiga! Me dá o vidro de álcool.

– Deve ter sobrado alguma coisa aí nesses ossos e elas descobriram, formiga descobre tudo. Se eu fosse você, levava isso lá pra fora.

— Mas os ossos estão completamente limpos, eu já disse. Não ficou nem um fiapo de cartilagem, limpíssimos. Queria saber o que essas bandidas vêm fuçar aqui.

Respingou fartamente o álcool em todo o caixote. Em seguida, calçou os sapatos e, como uma equilibrista andando no fio de arame, foi pisando firme, um pé diante do outro na trilha de formigas. Foi e voltou duas vezes. Apagou o cigarro. Puxou a cadeira. E ficou olhando dentro do caixotinho.

— Esquisito. Muito esquisito.

— O quê?

— Me lembro que botei o crânio em cima da pilha, me lembro que até calcei ele com as omoplatas para não rolar. E agora ele está aí no chão do caixote, com uma omoplata de cada lado. Por acaso você mexeu aqui?

— Deus me livre, tenho nojo de osso! Ainda mais de anão.

Ela cobriu o caixotinho com o plástico, empurrou-o com o pé e levou o fogareiro para a mesa, era a hora do seu chá. No chão, a trilha de formigas mortas era agora uma fita escura que encolheu. Uma formiguinha que escapou da matança passou perto do meu pé, já ia esmagá-la quando vi que levava as mãos à cabeça, como uma pessoa desesperada. Deixei-a sumir numa fresta do assoalho.

Voltei a sonhar aflitivamente, mas dessa vez foi o antigo pesadelo com os exames, o professor fazendo uma pergunta atrás da outra e eu muda diante do único ponto que não tinha estudado. Às seis horas o despertador disparou veementemente. Travei a campainha. Minha prima dormia com a cabeça coberta. No banheiro, olhei com atenção para as paredes, para o chão de cimento, à procura delas. Não vi nenhuma. Voltei pisando na ponta dos pés e então entreabri as folhas da veneziana. O cheiro suspeito da noite tinha desaparecido. Olhei para o chão: desaparecera também a trilha do exército massacrado. Espiei debaixo da cama e não vi o menor movimento de formigas no caixotinho coberto.

Quando cheguei por volta das sete da noite, minha prima já estava no quarto. Achei-a tão abatida que carreguei no sal da omelete, tinha a pressão baixa. Comemos num silêncio voraz. Então me lembrei.

– E as formigas?
– Até agora, nenhuma.
– Você varreu as mortas?

Ela ficou me olhando.

– Não varri nada, estava exausta. Não foi você que varreu?

– Eu?! Quando acordei, não tinha nem sinal de formiga nesse chão, estava certa que antes de deitar você juntou tudo... Mas, então, quem?!

Ela apertou os olhos estrábicos, ficava estrábica quando se preocupava.

– Muito esquisito mesmo. Esquisitíssimo.

Fui buscar o tablete de chocolate e perto da porta senti de novo o cheiro, mas seria bolor? Não me parecia um cheiro assim inocente, quis chamar a atenção da minha prima para esse aspecto, mas ela estava tão deprimida que achei melhor ficar quieta. Esparjí água-de-colônia Flor de Maçã por todo o quarto (e se ele cheirasse como um pomar?) e fui deitar cedo. Tive o segundo tipo de sonho, que competia nas repetições com o tal sonho da prova oral, nele eu marcava encontro com dois namorados ao mesmo tempo. E no mesmo lugar. Chegava o primeiro e minha aflição era levá-lo embora dali antes que chegasse o segundo. O segundo, desta vez, era o anão. Quando só restou o oco de silêncio e sombra, a voz da minha prima me fisgou e me trouxe para a superfície. Abri os olhos com esforço. Ela estava sentada na beira da minha cama, de pijama e completamente estrábica.

– Elas voltaram.
– Quem?
– As formigas. Só atacam de noite, antes da madrugada. Estão todas aí de novo.

A trilha da véspera, intensa, fechada, seguia o antigo percurso da porta até o caixotinho de ossos por onde subia na mesma formação até desformigar lá dentro. Sem caminho de volta.

– E os ossos?
Ela se enrolou no cobertor, estava tremendo.
– Aí é que está o mistério. Aconteceu uma coisa, não entendo mais nada! Acordei pra fazer pipi, devia ser umas três horas. Na volta, senti que no quarto tinha *algo* mais, está me entendendo? Olhei pro chão e vi a fila dura de formigas, você se lembra? Não tinha nenhuma quando chegamos. Fui ver o caixotinho, todas se trançando lá dentro, lógico, mas não foi isso o que quase me fez cair pra trás, tem uma coisa mais grave: é que os ossos estão mesmo mudando de posição, eu já desconfiava mas agora estou certa, pouco a pouco eles estão... Estão se organizando.

– Como, se organizando?
Ela ficou pensativa. Comecei a tremer de frio, peguei uma ponta do seu cobertor. Cobri meu urso com o lençol.

— Você lembra, o crânio entre as omoplatas, não deixei ele assim. Agora é a coluna vertebral que já está quase formada, uma vértebra atrás da outra, cada ossinho tomando o seu lugar, alguém do ramo está montando o esqueleto, mais um pouco e... Venha ver!

— Credo, não quero ver nada. Estão colando o anão, é isso?

Ficamos olhando a trilha rapidíssima, tão apertada que nela não caberia sequer um grão de poeira. Pulei-a com o maior cuidado quando fui esquentar o chá. Uma formiguinha desgarrada (a mesma daquela noite?) sacudia a cabeça entre as mãos. Comecei a rir e tanto que se o chão não estivesse ocupado, rolaria por ali de tanto rir. Dormimos juntas na minha cama. Ela dormia ainda quando saí para a primeira aula. No chão, nem sombra de formiga, mortas e vivas desapareciam com a luz do dia.

Voltei tarde essa noite, um colega tinha se casado e teve festa. Vim animada, com vontade de cantar, passei da conta. Só na escada é que me lembrei: o anão. Minha prima arrastara a mesa para a porta e estudava com o bule fumegando no fogareiro.

— Hoje não vou dormir, quero ficar de vigia — ela avisou.

O assoalho ainda estava limpo. Me abracei ao urso.

— Estou com medo.

Ela foi buscar uma pílula para atenuar minha ressaca, me fez engolir a pílula com um gole de chá e ajudou a me despir.

— Fico vigiando, pode dormir sossegada. Por enquanto não apareceu nenhuma, não está na hora delas, é daqui a pouco que começa. Examinei com a lupa debaixo da porta, sabe que não consigo descobrir de onde brotam?

Tombei na cama, acho que nem respondi. No topo da escada o anão me agarrou pelos pulsos e rodopiou comigo até o quarto. Acorda, acorda! Demorei para reconhecer minha prima que me segurava pelos cotovelos. Estava lívida. E vesga.

– Voltaram – ela disse.

Apertei entre as mãos a cabeça dolorida.

– Estão aí?

Ela falava num tom miúdo, como se uma formiguinha falasse com sua voz.

– Acabei dormindo em cima da mesa, estava exausta. Quando acordei, a trilha já estava em plena movimentação. Então fui ver o caixotinho, aconteceu o que eu esperava...

– O que foi? Fala depressa, o que foi?

Ela firmou o olhar oblíquo no caixotinho debaixo da cama.

– Estão mesmo montando ele. E rapidamente, entende? O esqueleto já está inteiro, só falta o fêmur. E os ossinhos da mão esquerda, fazem isso num instante. Vamos embora daqui.

– Você está falando sério?

– Vamos embora, já arrumei as malas.

A mesa estava limpa e vazios os armários escancarados.

– Mas sair assim, de madrugada? Podemos sair assim?

– Imediatamente, melhor não esperar que a bruxa acorde. Vamos, levanta!

– E para onde a gente vai?

– Não interessa, depois a gente vê. Vamos, vista isto, temos que sair antes que o anão fique pronto.

Olhei de longe a trilha: nunca elas me pareceram tão rápidas. Calcei os sapatos, descolei a gravura da parede, enfiei o urso no bolso da japona e fomos arrastando as malas pelas escadas, mais intenso o cheiro que vinha do quarto, deixamos a porta aberta. Foi o gato que miou comprido ou foi um grito?

No céu, as últimas estrelas já empalideciam. Quando encarei a casa, só a janela vazada nos via. O outro olho era penumbra.

TIGRELA

Encontrei Romana por acaso, num café. Estava meio bêbada mas lá no fundo da sua transparente bebedeira senti um depósito espesso subindo rápido quando ficava séria. Então a boca descia, pesada, fugidio o olhar que se transformava de caçador em caça. Duas vezes apertou minha mão, eu preciso de você, disse. Mas logo em seguida já não precisava mais, e esse medo virava indiferença, quase desprezo, com um certo traço torpe engrossando o lábio. Voltava a ser adolescente quando ria, a melhor da nossa classe, sem mistérios. Sem perigo. Fora belíssima e ainda continuava mas sua beleza corrompida agora era triste até na alegria. Contou-me que se separou do quinto marido e vivia com um pequeno tigre num apartamento de cobertura.

Com um tigre, Romana? Ela riu. Tivera um namorado que andara pela Ásia e na bagagem trouxera Tigrela dentro de um cestinho, era pequenina assim, precisou criá-la com mamadeira. Crescera pouco mais do que um gato, desses de pêlo fulvo e com listras tostadas, o olhar de ouro. Dois terços de tigre e um terço de mulher, foi se humanizando e agora... No começo me imitava tanto, era divertido, comecei também a imitá-la e acabamos nos embrulhando de tal jeito que já não sei se foi com ela que aprendi a me olhar no espelho com esse olho de fenda. Ou se foi comigo que aprendeu a se estirar no chão e deitar a cabeça no braço para ouvir música, é tão harmoniosa. Tão limpa, disse Romana, deixando cair o cubo de gelo no copo. O pêlo é desta cor, acrescentou mexendo o uísque. Colheu com a ponta dos dedos uma lâmina de gelo que derretia no fundo do copo. Trincou-a nos dentes e o som me fez lembrar que antigamente costumava morder o sorvete. Gostava de uísque, essa Tigrela, mas sabia beber, era contida, só uma vez chegou a ficar realmente de fogo. E Romana sorriu quando se lembrou do bicho dando cambalhotas, rolando pelos móveis até pular no lustre e ficar lá se balançando de um lado para outro, fez Romana imitando frouxamente o movimento de um pêndulo. Despencou com metade do lustre no almofadão e aí dançamos um tango juntas, foi atroz. Depois ficou deprimida e na depressão se exalta, quase arrasou com o jardim, rasgou meu chambre, quebrou coisas. No fim, quis se atirar do parapeito do terraço, que nem gente, igual. Igual, repetiu Romana procurando o relógio no meu pulso. Recorreu a um homem que passou ao lado da nossa mesa, As horas, as horas! Quando soube que faltava pouco para a meia-noite baixou o olhar num cálculo sombrio. Ficou em silêncio. Esperei. Quando recomeçou a falar, me pareceu uma jogadora excitada, escondendo o jogo na voz artificial: Mandei fazer uma grade de aço em toda a volta da mureta, se quiser, ela trepa fácil nessa grade, é claro. Mas já sei que só tenta o suicídio na bebedeira e então basta fechar a porta que dá para o terraço. Está sempre tão lúcida, prosseguiu baixando a voz, e seu rosto escureceu.

O que foi, Romana?, perguntei tocando-lhe a mão. Estava gelada. Fixou em mim o olhar astuto. Pensava em outra coisa quando me disse que no crepúsculo, quando o sol batia de lado no topo do edifício, a sombra da grade se projetava até o meio do tapete da sala e se Tigrela estivesse dormindo no almofadão, era linda a rede de sombra se abatendo sobre seu pêlo como uma armadilha.

Mergulhou o dedo indicador no copo, fazendo girar o gelo do uísque. Usava nesse dedo uma esmeralda quadrada, como as rainhas. Mas não é mesmo extraordinário? O pouco espaço do apartamento condicionou o crescimento de um tigre asiático na sábia mágica da adaptação, não passava de um gatarrão que exorbitou, como se intuísse que precisava mesmo se restringir: não mais de que um gato aumentado. Só eu sei que cresceu, só eu notei que está ocupando mais lugar embora continue do mesmo tamanho, ultimamente mal cabemos as duas, uma de nós teria mesmo que... Interrompeu para acender a cigarrilha, a chama vacilante na mão trêmula. Dorme comigo, mas quando está de mal vai dormir no almofadão.

Deve ter dado tanto problema, E os vizinhos?, perguntei, Romana endureceu o dedo que mexia o gelo. Não tinha vizinhos, um apartamento por andar num edifício altíssimo, todo branco, estilo mediterrâneo. Você precisa ver como Tigrela combina com o apartamento. Andei pela Pérsia, você sabe, não? E de lá trouxe os panos, os tapetes, ela adora esse conforto veludoso, é tão sensível ao tato, aos cheiros. Quando amanhece inquieta, acendo um incenso, o perfume a amolece. Ligo o toca-discos. Então dorme em meio de espreguiçamentos, desconfio que vê melhor de olhos fechados, como os dragões. Tivera algum trabalho em convencer Aninha de que era apenas um gato desenvolvido, Aninha era a empregada. Mas agora, tudo bem, as duas guardavam uma certa distância e se respeitavam, o importante era isso, o respeito. Aceitara Aninha, que era velha e feia, mas quase agredira a empregada anterior, uma jovem. Enquanto essa jovem esteve comigo, Tigrela praticamente não saiu do jardim, enfurnada na folhagem, o olho apertado, as unhas cravadas na terra.

As unhas, eu comecei e fiquei sem saber o que ia dizer em seguida. A esmeralda tombou de lado como uma cabeça desamparada e foi bater no copo, o dedo era fino demais para o aro. O som da pedra no vidro despertou Romana que me pareceu, por um momento, apática. Levantou a cabeça e vagou o olhar pelas mesas repletas. Que barulho, não? Sugeri que saíssemos, mas ao invés da conta pediu outro uísque. Fique tranqüila, estou acostumada, disse e respirou profundamente. Endireitou o corpo. Tigrela gostava de jóias e de Bach, sim, Bach, insistia sempre nas mesmas músicas particularmente na *Paixão Segundo São Mateus*. Uma noite, enquanto eu me vestia para o jantar, ela veio me ver, detesta que eu saia mas nessa noite estava contente, aprovou meu vestido, prefere vestidos mais clássicos e esse era um longo de seda cor de palha, as mangas compridas, a cintura baixa. Gosta, Tigrela?, perguntei, e ela veio, pousou as patas no meu colo, lambeu de leve meu queixo, para não estragar a maquilagem, e começou a puxar com os dentes meu colar de âmbar. Quer para você?, perguntei, e ela grunhiu, delicada mas firme. Tirei o colar e o enfiei no pescoço dela. Viu-se no espelho, o olhar úmido de prazer. Depois lambeu minha mão e lá se foi com o colar dependurado no pescoço, as contas maiores roçando o chão. Quando está calma, o olho fica amarelo bem clarinho, da mesma cor do âmbar.

Aninha dorme no apartamento?, perguntei e Romana teve um sobressalto, como se apenas naquele instante tivesse tomado consciência de que Aninha chegava cedo e ia embora ao anoitecer, as duas ficavam sós. Encarei-a mais demoradamente e ela riu. Já sei, você está me achando louca, mas assim de fora ninguém entende mesmo, é complicado. E tão simples, você teria que entrar no jogo para entender. Vesti o casaco, mas tinha esfriado? Lembra, Romana?, eu perguntei. Da nossa festa de formatura, ainda tenho o retrato, você comprou para o baile um sapato apertado, acabou dançando descalça, na hora da valsa te vi rodopiando de longe, o cabelo solto, o vestido leve, achei uma beleza aquilo de dançar descalça. Ela me olhava com atenção mas não ouviu uma só palavra. Somos vegetarianas, sempre fui vegetariana, você sabe. Eu não sabia. Tigrela só come legumes, ervas frescas e leite com mel, não entra carne em casa, que carne dá mau hálito. E certas idéias, disse e apertou minha mão. Eu preciso de você. Inclinei-me para ouvir, mas o garçom estendeu o braço para apanhar o cinzeiro e Romana ficou de novo frívola, interessada na limpeza do cinzeiro. Por acaso eu já tinha provado leite batido com agrião e melado? A receita é facílima, a gente bate tudo no liquidificador e depois passa na peneira, acrescentou e estendeu a mão. O senhor sabe as horas? Você tem algum compromisso, perguntei, e ela respondeu que não, não tinha nada pela frente. Nada mesmo, repetiu, e tive a impressão de que empalideceu, enquanto a boca se entreabria para voltar ao seu cálculo obscuro. Colheu na ponta da língua o cubo diminuído de gelo, trincou-o nos dentes. Ainda não aconteceu mas vai acontecer, disse com certa dificuldade porque o gelo lhe queimava a língua. Fiquei esperando. O largo gole de uísque pareceu devolver-lhe algum calor. Uma noite dessas, quando eu voltar para casa o porteiro pode vir correndo me dizer, A senhora sabe? De algum desses terraços... Mas pode também não dizer nada e terei que subir e continuar bem natural para que ela não perceba, ganhar mais um dia. Às vezes nos medimos e não sei o resultado, ensinei-lhe tanta coisa, aprendi outro tanto, disse Romana esboçando um gesto que não completou. Já contei que é Aninha quem lhe apara as unhas? Entrega-lhe a pata sem a menor resistência, mas não permite que lhe escove os dentes, tem as gengivas muito sensíveis. Comprei uma escova de cerda natural, o movimento da escova tem que ser de cima para baixo, bem suavemente, a pasta com sabor de hortelã. Não usa o fio dental porque não come nada de fibroso, mas se um dia me comer sabe onde encontrar o fio.

Pedi um sanduíche, Romana pediu cenouras cruas, bem lavadas. E sal, avisou apontando o copo vazio. Enquanto o garçom serviu o uísque, não falamos. Quando se afastou, comecei a rir, É verdade, Romana? Tudo isso! Não respondeu, somava de novo suas lembranças e, entre todas, aquela que lhe tirava o ar: respirou com esforço, afrouxando o laço da echarpe. A nódoa roxa apareceu em seu pescoço. Desviei o olhar para a parede. Através do espelho vi quando refez o nó e cheirou o uísque. Riu. Tigrela sabia quando o uísque era falsificado, Até hoje não distingo, mas uma noite ela deu uma patada na garrafa que voou longe. Por que fez isso, Tigrela? Não me respondeu. Fui ver os cacos e então reconheci, era a mesma marca que me deu uma alucinante ressaca. Você acredita que ela conhece minha vida mais do que Yasbeck? E Yasbeck foi quem mais teve ciúme de mim, até detetive punha me vigiando. Finge que não liga mas a pupila se dilata e transborda como tinta preta derramando no olho inteiro, eu já falei nesse olho? É nele que vejo a emoção. O ciúme. Fica intratável. Recusa a manta, a almofada e vai para o jardim, o apartamento fica no meio de um jardim que mandei plantar especialmente, uma selva em miniatura. Fica lá o dia inteiro, a noite inteira, amoitada na folhagem, posso morrer de chamar que não vem, o focinho molhado de orvalho ou de lágrimas.

Fiquei olhando para o pequeno círculo de água que seu copo deixou na mesa. Mas Romana, não seria mais humano se a mandasse para o zoológico? Deixe que ela volte a ser bicho, acho cruel isso de lhe impor sua jaula, e se for mais feliz na outra? Você a escravizou. E acabou se escravizando, tinha que ser. Não vai lhe dar ao menos a liberdade de escolha? Com impaciência, Romana afundou a cenoura no sal. Lambeu-a. Liberdade é conforto, minha querida, Tigrela também sabe disso. Teve todo o conforto, como Yasbeck fez comigo até me descartar.

E agora você quer se descartar dela, eu disse. Em alguma mesa um homem começou a cantar aos gritos um trecho de ópera, mas depressa a voz submergiu nas risadas. Romana falava tão rapidamente que tive de interrompê-la. Mais devagar, não estou entendendo nada! Freou as palavras, mas logo recomeçou o galope desatinado, como se não lhe restasse muito tempo. Nossa briga mais violenta foi por causa dele, Yasbeck, você entende, aquela confusão de amor antigo que de repente reaparece, às vezes ele me telefona e então dormimos juntos, ela sabe perfeitamente o que está acontecendo. Ouviu a conversa. Quando voltei estava acordada, me esperando feito uma estátua diante da porta, está claro que disfarcei como pude, mas é esperta, farejou até sentir cheiro de homem em mim. Ficou uma fera. Acho que eu gostaria de ter um unicórnio, você sabe, aquele lindo cavalo alourado com um chifre cor-de-rosa na testa, vi na tapeçaria medieval, estava apaixonado pela princesa que lhe oferecia um espelho para que se olhasse. Mas onde está esse garçom? Garçom, por favor, pode me dizer as horas? E traga mais gelo! Imagine que ela passou dois dias sem comer, entigrada, prosseguiu Romana. Agora falava devagar, a voz pesada, uma palavra depois da outra com os pequenos cálculos se ajustando nos espaços vazios. Dois dias sem comer, arrastando pela casa o colar e a soberba. Estranhei, Yasbeck tinha ficado de telefonar e não telefonou, mandou um bilhete, O que aconteceu com seu telefone que está mudo? Fui ver e então encontrei o fio completamente moído, as marcas dos dentes em toda a extensão do plástico. Não disse nada mas senti que ela me observava por aquelas suas fendas que atravessam vidro, parede. Acho que naquele dia mesmo descobriu o que eu estava pensando, ficamos desconfiadas mas ainda assim, está me entendendo? Tinha tanto fervor...

Tinha?, perguntei. Ela abriu as mãos na mesa e me enfrentou: Por que está me olhando assim?

O que mais eu poderia fazer? Deve ter acordado às onze horas, é a hora que costuma acordar, gosta da noite. Ao invés de leite, enchi sua tigela de uísque e apaguei as luzes, no desespero enxerga melhor no escuro e hoje estava desesperada porque ouviu minha conversa, pensa que estou com ele agora. A porta do terraço está aberta, essa porta também ficou aberta outras noites e não aconteceu, mas nunca se sabe, é tão imprevisível, acrescentou com voz sumida. Limpou o sal dos dedos no guardanapo de papel. Já vou indo. Volto tremendo para o apartamento porque nunca sei se o porteiro vem ou não me avisar que de algum terraço se atirou uma jovem nua, com um colar de âmbar enrolado no pescoço.

HERBARIUM

Todas as manhãs eu pegava o cesto e me embrenhava no bosque, tremendo inteira de paixão quando descobria alguma folha rara. Era medrosa mas arriscava pés e mãos por entre espinhos, formigueiros e buracos de bichos (tatu? cobra?) procurando a folha mais difícil, aquela que ele examinaria demoradamente: a escolhida ia para o álbum de capa preta. Mais tarde faria parte do herbário, ele tinha em casa um herbário com quase duas mil espécies de plantas. "Você já viu um herbário?", ele quis saber.

Herbarium, ensinou-me logo no primeiro dia em que chegou ao sítio. Fiquei repetindo a palavra, *herbarium. Herbarium.* Disse ainda que gostar de botânica era gostar de latim, quase todo o reino vegetal tinha denominação latina. Eu detestava latim mas fui correndo desencavar a gramática cor de tijolo escondida na última prateleira da estante, decorei a frase que achei mais fácil e na primeira oportunidade apontei para a formiga saúva subindo na parede: *formica bestiola est.* Ele ficou me olhando. A formiga é um inseto, apressei-me em traduzir. Então ele riu a risada mais gostosa de toda a temporada. Fiquei rindo também, confundida mas contente, ao menos achava alguma graça em mim.

Um vago primo botânico convalescendo de uma vaga doença. Que doença era essa que o fazia cambalear, esverdeado e úmido, quando subia rapidamente a escada ou quando andava mais tempo pela casa?

Deixei de roer as unhas, para espanto da minha mãe que já tinha feito ameaças de cortes de mesada ou proibição de festinhas no grêmio da cidade. Sem resultado. "Se eu contar, ninguém acredita" – disse ela quando viu que eu esfregava para valer a pimenta vermelha nas pontas dos dedos. Fiz minha cara inocente: na véspera, ele me advertira que eu podia ser uma moça de mãos feias. "Ainda não pensou nisso?" Nunca tinha pensado antes, nunca me importei com as mãos, mas no instante em que ele fez a pergunta comecei a me importar. E se um dia elas fossem rejeitadas como as folhas defeituosas? Ou banais. Deixei de roer as unhas e deixei de mentir. Ou passei a mentir menos, mais de uma vez me falou no horror que tinha por tudo quanto cheirava a falsidade, escamoteação.

Estávamos sentados na varanda. Ele selecionava as folhas ainda pesadas de orvalho quando me perguntou se já tinha ouvido falar em folha persistente. Não? Alisava o tenro veludo de uma malva-maçã. A fisionomia ficou branda quando amassou a folha nos dedos e sentiu o seu perfume. As folhas persistentes duravam até mesmo três anos mas as cadentes amareleciam e se despregavam ao sopro do primeiro vento. Assim a mentira, folha cadente que podia parecer tão brilhante mas de vida breve. Quando o mentiroso olhava para trás, via no final de tudo uma árvore nua. Seca. Mas o verdadeiro, esse teria uma árvore farfalhante, cheia de passarinhos – e abriu as mãos para imitar o bater de folhas e asas. Fechei as minhas. Fechei a boca em brasa agora que os tocos das unhas (já crescidas) eram tentação e punição maior. Podia dizer-lhe que justamente por me achar assim apagada é que precisava me cobrir de mentira como se veste um manto fulgurante. Dizer-lhe que diante dele, mais do que diante dos outros, tinha de inventar e fantasiar para obrigá-lo a se demorar em mim como se demorava agora na verbena – será que não percebia essa coisa tão simples?

Chegou ao sítio com suas largas calças de flanela cinza e grosso suéter de lã tecida em trança, era inverno. E era noite. Minha mãe tinha queimado incenso (era sexta-feira) e preparou o Quarto do Corcunda, corria na família a história de um corcunda que se perdeu no bosque e minha bisavó instalou-o naquele quarto que era o mais quente da casa, não podia haver melhor lugar para um corcunda perdido ou para um primo convalescente.

Convalescente do quê? Qual doença tinha ele? Tia Marita, que era alegrinha e gostava de se pintar, respondeu rindo (falava rindo) que nossos chazinhos e bons ares faziam milagres. Tia Clotilde, embutida, reticente, deu aquela sua resposta que servia a qualquer tipo de pergunta: tudo na vida podia se alterar, menos o destino traçado na mão, ela sabia ler as mãos. "Vai dormir feito uma pedra" – cochichou tia Marita quando me pediu que lhe levasse o chá de tília. Encontrei-o recostado na poltrona, a manta de xadrez cobrindo-lhe as pernas. Aspirou o chá. E me olhou. "Quer ser minha assistente?" – perguntou soprando a fumaça. "A insônia me pegou pelo pé, ando tão fora de forma, preciso que me ajude. A tarefa é colher folhas para a minha coleção, vai juntando o que bem entender que depois seleciono. Por enquanto, não posso me mexer muito, terá que ir sozinha", disse e desviou o olhar úmido para a folha que boiava na xícara. Suas mãos tremiam tanto que a xícara transbordou no pires. É o frio, pensei. Mas continuaram tremendo no dia seguinte que fez sol, amareladas como os esqueletos de ervas que eu catava no bosque e queimava na chama da vela. Mas o que ele tem?, perguntei e minha mãe respondeu que mesmo que soubesse não diria, fazia parte de um tempo em que doença era assunto íntimo.

Eu mentia sempre, com ou sem motivo. Mentia principalmente à tia Marita que era bastante tonta. Menos à minha mãe, porque tinha medo de Deus e menos ainda à tia Clotilde que era meio feiticeira e sabia ver o avesso das pessoas. Aparecendo a ocasião, eu enveredava por caminhos os mais imprevistos sem o menor cálculo de volta. Tudo ao acaso. Mas aos poucos, diante dele, minha mentira começou a ser dirigida, com um objetivo certo. Seria mais simples, por exemplo, dizer que colhi a bétula perto do córrego onde estava o espinheiro. Mas era preciso fazer render o instante em que se detinha em mim, ocupá-lo antes de ser posta de lado como as folhas sem interesse, amontoadas no cesto. Então ramificava os perigos, exagerava as dificuldades, inventava histórias que encompridavam a mentira. Até ser decepada com um rápido golpe de olhar, não com palavras, mas com o olhar ele fazia a hidra verde rolar emudecida enquanto minha cara se tingia de vermelho – o sangue da hidra.

"Agora você vai me contar direito como foi", ele pedia tranqüilamente, tocando na minha cabeça. Seu olhar transparente. Reto. Queria a verdade. E a verdade era tão sem atrativos como a folha da roseira, expliquei-lhe isso mesmo, acho a verdade tão banal como esta folha. Ele me deu a lupa e abriu a folha na palma da mão: "Veja então de perto". Não olhei a folha, que me importava a folha?, olhei sua pele ligeiramente úmida, branca como o papel com seu misterioso emaranhado de linhas, estourando aqui e ali em estrelas. Fui percorrendo as cristas e depressões, onde era o começo? Ou o fim? Demorei a lupa num terreno de linhas tão disciplinadas que por elas devia passar o arado, ih! vontade de deitar minha cabeça nesse chão. Afastei a folha, queria ver apenas os caminhos. O que significa este cruzamento, perguntei e ele me puxou o cabelo: "Também você, menina?!".

Nas cartas do baralho, tia Clotilde já lhe desvendara o passado e o presente: "E mais desvendaria", acrescentou ele guardando a lupa no bolso do avental branco, às vezes vestia o avental. O que ela previu? Ora, tanta coisa. De mais importante, só isso, que no fim da semana viria uma amiga buscá-lo, uma moça muito bonita, podia ver até a cor do seu vestido de corte antiquado, verde-musgo. Os cabelos eram compridos, com reflexos de cobre, tão forte o reflexo na palma da mão!

Uma formiga vermelha entrou na greta do lajedo e lá se foi com seu pedaço de folha, veleiro desarvorado soprado pelo vento. Soprei eu também, a formiga é um inseto!, gritei, as pernas flexionadas, pendentes os braços para diante e para trás no movimento do macaco, Hi hi! hu hu! hi hi! hu hu! é um inseto! um inseto!, repeti rolando no chão. Ele ria e procurava me levantar, você se machuca, menina, cuidado! Cuidado! Fugi para o campo, os olhos desvairados de pimenta e sal, sal na boca, não, não vinha ninguém, tudo loucura, uma louca varrida essa tia, invenção dela, invenção pura, como podia?! Até a cor do vestido, verde-musgo? E os cabelos, uma louca, tão louca como a irmã de cara pintada feito uma palhaça, rindo e tecendo seus tapetinhos, centenas de tapetinhos pela casa, na cozinha, na privada, duas loucas! Lavei os olhos cegos de dor, lavei a boca pesada de lágrimas, os últimos fiapos de unha me queimando a língua, não! Não. Não existia ninguém de cabelo de cobre que no fim da semana ia aparecer para buscá-lo, ele não ia embora nunca mais. Nunca mais!, repeti e minha mãe, que viera me chamar para o almoço, acabou se divertindo com a cara de diabo que fiz, disfarçava o medo fazendo caras de medo. E as pessoas se distraíam com essas caras e não pensavam mais em mim.

Quando lhe entreguei a folha de hera com formato de coração (um coração de nervuras trementes se abrindo em leque até as bordas verde-azuladas) ele beijou a folha e levou-a ao peito. Espetou-a na malha do suéter: "Esta vai ser guardada aqui". Mas não me olhou nem mesmo quando saí tropeçando no cesto. Corri até a figueira, posto de observação de onde podia ver sem ser vista. Através do rendilhado de ferro do corrimão da escada, ele me pareceu menos pálido. A pele mais seca e mais firme a mão que segurava a lupa sobre a lâmina do espinho-do-brejo. Estava se recuperando, não estava? Abracei o tronco da figueira e pela primeira vez senti que abraçava Deus.

No sábado, levantei mais cedo. O sol forcejava a névoa, o dia seria azul quando ele conseguisse rompê-la. "Aonde você vai com esse vestido de maria-mijona?", perguntou minha mãe me dando a xícara de café com leite. "Por que desmanchou a barra?" Desviei sua atenção para a cobra que inventei ter visto no terreiro, toda preta com listras vermelhas, seria uma coral? Quando ela correu com a tia para ver, peguei o cesto e entrei no bosque. Como explicar-lhe que descera todas as barras das saias para esconder minhas pernas finas, cheias de marcas de picadas de mosquitos? Numa alegria desatinada fui colhendo as folhas, mordi goiabas verdes, atirei pedras nas árvores, espantando os passarinhos que cochichavam seus sonhos, me machucando de contente por entre a galharia. Corri até o córrego. Alcancei uma borboleta e prendendo-a pelas pontas das asas deixei-a na corola de uma flor, Te solto no meio do mel, gritei-lhe. O que vou receber em troca? Quando perdi o fôlego, tombei de costas nas ervas do chão. Fiquei rindo para o céu de névoa atrás da malha apertada dos ramos. Virei de bruços e esmigalhei nos dedos os cogumelos tão macios que minha boca começou a se encher d'água. Fui avançando de rastros até o pequeno vale de sombra debaixo da pedra. Ali era mais frio e maiores os cogumelos pingando um líquido viscoso dos seus chapéus inchados. Salvei uma abelhinha das mandíbulas de uma aranha, permiti que a saúva-gigante arrebatasse a aranha e a levasse na cabeça como uma trouxa de roupa esperneando, mas recuei quando apareceu o besouro de lábio leporino. Por um instante me vi refletida em seus olhos facetados. Fez meia-volta e se escondeu no fundo da fresta. Levantei a pedra: o besouro tinha desaparecido, mas no tufo raso vi uma folha que nunca encontrara antes, única. Solitária. Mas que folha era aquela? Tinha a forma aguda de uma foice, o verde do dorso com pintas vermelhas irregulares como pingos de sangue. Uma pequena foice ensangüentada foi no que se transformou o besouro? Escondi a folha no bolso, peça principal de um jogo confuso. Essa eu não juntaria às outras folhas, essa tinha que ficar comigo, segredo que não podia ser visto. Nem tocado. Tia Clotilde previa os destinos mas eu podia modificá-los, assim, assim! e desfiz na sola do sapato o ninho de cupins que se armava debaixo da amendoeira. Fui andando solene porque no bolso onde levara o amor levava agora a morte.

Tia Marita veio ao meu encontro, mais aflita e gaguejante do que de costume. Antes de falar já começou a rir: "Acho que vamos perder nosso botânico, sabe quem chegou? A amiga, a mesma moça que Clotilde viu na mão dele, lembra? Os dois vão embora no trem da tarde, ela é linda como os amores, bem que Clotilde viu uma moça igualzinha, estou toda arrepiada, olha aí, me pergunto como a mana adivinha uma coisa dessas!".

Deixei na escada os sapatos pesados de barro. Larguei o cesto. Tia Marita me enlaçou pela cintura enquanto se esforçava para lembrar o nome da recém-chegada, um nome de flor, como era mesmo? Fez uma pausa para estranhar minha cara branca, e esse brancor de repente? Respondi que voltara correndo, a boca estava seca e o coração fazia um tuntum tão alto, ela não estava ouvindo? Encostou o ouvido no meu peito e riu se sacudindo inteira, quando tinha minha idade pensa que também não vivia assim aos pulos?

Fui me aproximando da janela. Através do vidro (poderoso como a lupa) vi os dois. Ela sentada com o álbum provisório de folhas no colo. Ele, de pé e um pouco atrás da cadeira, acariciando-lhe o pescoço, e seu olhar era o mesmo que tinha para as folhas escolhidas, a mesma leveza de dedos indo e vindo no veludo da malva-maçã. O vestido não era verde mas os cabelos soltos tinham o reflexo de cobre que transparecera na mão. Quando me viu, veio até a varanda no seu andar calmo. Mas vacilou quando disse que esse era o nosso último cesto, por acaso não tinham me avisado? O chamado era urgente, teriam que voltar nessa tarde. Sentia muito perder tão devotada ajudante, mas um dia, quem sabe?... Precisaria agora perguntar à tia Clotilde em que linha do destino aconteciam os reencontros.

Estendi-lhe o cesto, mas ao invés de segurar o cesto, segurou meu pulso: eu estava escondendo alguma coisa, não estava? O que estava escondendo, o quê? Tentei me livrar fugindo para os lados, aos arrancos, não estou escondendo nada, me larga! Ele me soltou mas continuou ali, de pé, sem tirar os olhos de mim. Encolhi quando me tocou no braço: "E o nosso trato de só dizer a verdade? Hem? Esqueceu nosso trato?", perguntou baixinho.

Enfiei a mão no bolso e apertei a folha, intacta a umidade pegajosa da ponta aguda, onde se concentravam as nódoas vermelhas. Ele esperava. Eu quis então arrancar a toalha de crochê da mesinha, cobrir com ela a cabeça e fazer micagens, hi hi! hu hu! até vê-lo rir pelos buracos da malha, quis pular da escada e sair correndo em ziguezague até o córrego, me vi atirando a foice na água, que sumisse na correnteza! Fui levantando a cabeça. Ele continuava esperando, e então? No fundo da sala, a moça também esperava numa névoa de ouro, tinha rompido o sol. Encarei-o pela última vez, sem remorso, quer mesmo? Entreguei-lhe a folha.

POMBA ENAMORADA
OU UMA HISTÓRIA DE AMOR

Encontrou-o pela primeira vez quando foi coroada princesa no Baile da Primavera e assim que o coração deu aquele tranco e o olho ficou cheio d'água pensou: acho que vou amar ele pra sempre. Ao ser tirada teve uma tontura, enxugou depressa as mãos molhadas de suor no corpete do vestido (fingindo que alisava alguma prega) e de pernas bambas abriu-lhe os braços e o sorriso. Sorriso meio de lado, para esconder a falha do canino esquerdo que prometeu a si mesma arrumar no dentista do Rôni, o Doutor Élcio, isso se subisse de ajudante para cabeleireira. Ele disse apenas meia dúzia de palavras, tais como, Você é que devia ser a rainha porque a rainha é uma bela bosta, com perdão da palavra. Ao que ela respondeu que o namorado da rainha tinha comprado todos os votos, infelizmente não tinha namorado e mesmo que tivesse não ia adiantar nada porque só conseguia coisas a custo de muito sacrifício, era do signo de Capricórnio e os desse signo têm que lutar o dobro pra vencer. Não acredito nessas babaquices, ele disse, e pediu licença pra fumar lá fora, já estavam dançando o bis da *Valsa dos Miosótis* e estava quente pra danar. Ela deu a licença. Antes não desse, diria depois à rainha enquanto voltavam pra casa. Isso porque depois dessa licença não conseguiu mais botar os olhos nele, embora o procurasse por todo o salão e com tal empenho que o diretor do clube veio lhe perguntar o que tinha perdido. Meu namorado, ela disse rindo, quando ficava nervosa, ria sem motivo. Mas o Antenor é seu namorado?, estranhou o diretor apertando-a com força enquanto dançavam *Nosotros*. É que ele saiu logo depois da valsa, todo atracado com uma escurinha de frente única, informou com ar distraído. Um cara legal mas que não esquentava o rabo em nenhum emprego, no começo do ano era motorista de ônibus, mês passado era borracheiro numa oficina da Praça Marechal Deodoro mas agora estava numa loja de acessórios na Guaianazes, quase esquina da General Osório, não sabia o número mas era fácil de achar. Não foi fácil assim, ela pensou, quando o encontrou no fundo da oficina, polindo uma peça. Não a reconheceu, Em que podia servi-la? Ela começou a rir, Mas eu sou a princesa do São Paulo Chique, lembra? Ele lembrou enquanto sacudia a cabeça impressionado, Mas ninguém tem este endereço, porra, como é que você conseguiu? E levou-a até a porta: tinha um monte assim de serviço, andava sem tempo pra se coçar mas agradecia a visita, deixasse o telefone, tinha aí um lápis? Não fazia mal, guardava qualquer número, numa hora dessas dava uma ligada, tá? Não deu. Ela foi à Igreja dos Enforcados, acendeu sete velas para as almas mais aflitas e começou a Novena Milagrosa em louvor de Santo Antônio, isso depois de telefonar várias vezes só pra ouvir a voz dele. No primeiro sábado em que o horóscopo anunciou um dia maravilhoso para os nativos de Capricórnio, aproveitando a ausência da dona do salão de beleza que saíra para pentear uma noiva, telefonou de novo e dessa vez falou, mas tão baixinho que ele precisou gritar, Fala mais alto, merda, não estou escutando nada. Ela então se assustou com o grito e colocou o fone no gancho, delicadamente. Só se animou com a dose de vermute que o Rôni foi buscar na esquina, e então tentou novamente justo na hora em que houve uma batida na rua e todo mundo foi espiar na janela. Disse que era a princesa do baile, riu quando negou ter ligado outras vezes e convidou-o pra ver um filme nacional muito interessante que estava passando ali mesmo, perto da oficina dele, na São João. O silêncio do outro lado foi tão profundo que o Rôni deu-lhe depressa uma segunda dose, Beba, meu bem, que você está quase desmaiando. Acho que caiu a linha, ela sussurrou, apoiando-se na mesa, meio tonta. Senta, meu bem, deixa eu ligar pra você, ele se ofereceu bebendo o resto do vermute e falando com a boca quase colada ao fone: Aqui é o Rôni, coleguinha da princesa, você sabe, ela não está nada brilhante e por isso eu vim falar no lugar dela, nada de grave, graças a Deus, mas a pobre está tão ansiosa por uma resposta, lógico. Em voz baixa, amarrada (assim do tipo de voz dos mafiosos do cinema, a gente sente uma *coisa,* diria o Rôni mais tarde, revirando os olhos), ele pediu calmamente que não telefonassem mais pra oficina porque o patrão estava puto da vida e além disso (a voz foi engrossando) não podia namorar com ninguém, estava comprometido, se um dia me der na telha, EU MESMO TELEFONO, certo? Ela que espere, porra. Esperou. Nesses dias de expectativa, escreveu-lhe catorze cartas, nove sob inspiração romântica e as demais calcadas no livro *Correspondência Erótica,* de Glenda Edwin, que o Rôni lhe emprestou com recomendações. Porque agora, querida, a barra é o sexo, se ele (que voz maravilhosa!) é Touro, você tem que dar logo, os de Touro falam muito na lua, nos barquinhos, mas gostam mesmo é de trepar. Assinou Pomba Enamorada, mas na hora de mandar as cartas, rasgou as eróticas, foram só as outras. Ainda durante esse período começou pra ele um suéter de tricô verde, linha dupla (o calor do cão, mas nesta cidade, nunca se sabe) e duas vezes pediu ao Rôni que lhe telefonasse disfarçando a voz, como se fosse o locutor do programa Intimidade no Ar, para avisar que em tal e tal horário nobre a Pomba Enamorada tinha lhe dedicado um bolero especial. É muito, muito macho, comentou o Rôni com um sorriso pensativo depois que desligou. E só devido a muita insistência acabou contando que ele bufou de ódio e respondeu que não queria ouvir nenhum bolero do caralho, Diga a ela que viajei, que morri! Na noite em que terminou a novela com o Doutor Amândio felicíssimo ao lado de Laurinha, quando depois de tantas dificuldades venceu o amor verdadeiro, ela enxugou as lágrimas, acabou de fazer a barra do vestido novo e no dia seguinte, alegando cólicas fortíssimas, saiu mais cedo pra cercá-lo na saída do serviço. Chovia tanto que quando chegou já estava esbagaçada e com o cílio postiço só no olho esquerdo, o do direito já tinha se perdido no aguaceiro. Ele a puxou pra debaixo do guarda-chuva, disse que estava putíssimo porque o Corinthians tinha perdido e entredentes lhe perguntou onde era seu ponto de ônibus. Mas a gente podia entrar num cinema, ela convidou, segurando tremente no seu braço, as lágrimas se confundindo com a chuva. Na Conselheiro Crispiniano, se não estava enganada, tinha em cartaz um filme muito interessante, ele não gostaria de esperar a chuva passar num cinema? Nesse momento ele enfiou o pé até o tornozelo numa poça funda, duas vezes repetiu, essa filha da puta de chuva e empurrou-a para o ônibus estourando de gente e fumaça. Antes, falou bem dentro do seu ouvido que não o perseguisse mais porque já não estava agüentando, agradecia a camisa, o chaveirinho, os ovos de Páscoa e a caixa de lenços mas não queria namorar com ela porque estava namorando com outra, Me tire da cabeça, pelo amor de Deus, PELO AMOR DE DEUS! Na próxima esquina, ela desceu do ônibus, tomou condução no outro lado da rua, foi até a Igreja dos Enforcados, acendeu mais treze velas e quando chegou em casa pegou Santo Antônio de gesso, tirou o filhinho dele, escondeu-o na gaveta da cômoda e avisou que enquanto Antenor não a procurasse não o soltava nem lhe devolvia o menino. Dormiu banhada em lágrimas, a meia de lã enrolada no pescoço por causa da dor de garganta, o retratinho de Antenor, três por quatro (que roubou da sua ficha de sócio do São Paulo Chique), com um galhinho de arruda, debaixo do travesseiro. No dia do Baile das Hortênsias, comprou um ingresso para cavalheiro, gratificou o bilheteiro que fazia ponto na Guaianazes pra que levasse o ingresso na oficina e pediu à dona do salão que lhe fizesse o penteado da Catherine Deneuve que foi capa do último número de *Vidas Secretas.* Passou a noite olhando para a porta de entrada do baile. Na tarde seguinte comprou o disco *Ave-Maria dos Namorados* na liquidação, escreveu no postal a frase que Lucinha diz ao Mário na cena da estação, *Te amo hoje mais do que ontem e menos do que amanhã,* assinou P.E. e depois de emprestar dinheiro do Rôni foi deixar na encruzilhada perto da casa de Alzira o que o Pai Fuzô tinha lhe pedido há duas semanas pra se alegrar e cumprir os destinos: uma garrafa de champanhe e um pacote de cigarro Minister. Se ela quisesse um trabalho mais forte, podia pedir, Alzira ofereceu. Um exemplo? Se cosesse a boca de um sapo, o cara começaria a secar, secar e só parava o definhamento no dia em que a procurasse, era tiro e queda. Só de pensar em fazer uma ruindade dessas ela caiu em depressão, imagine, como é que podia desejar uma coisa assim horrível pro homem que amava tanto? A preta respeitou sua vontade mas lhe recomendou usar alho virgem na bolsa, na porta do quarto e reservar um dente pra enfiar lá dentro. Lá *dentro?,* ela se espantou, e ficou ouvindo outras simpatias só por ouvir, porque essas eram impossíveis para uma moça virgem: como ia pegar um pêlo das injúrias dele pra enlear com o seu e enterrar os dois assim enleados em terra de cemitério? No último dia do ano, numa folga que mal deu pra mastigar um sanduíche, Rôni chamou-a de lado, fez um agrado em seus cabelos (Mas que macios, meu bem, foi o banho de óleo, foi?) e depois de lhe tirar da mão a xícara de café contou que Antenor estava de casamento marcado para os primeiros dias de janeiro. Desmaiou ali mesmo, em cima da freguesa que estava no secador. Quando chegou em casa, a vizinha portuguesa lhe fez uma gemada (A menina está que e só osso!) e lhe ensinou um feitiço infalível, por acaso não tinha um retrato do animal? Pois colasse o retrato dele num coração de feltro vermelho e quando desse meio-dia tinha que cravar três vezes a ponta de uma tesoura de aço no peito do ingrato e dizer fulano, fulano, como se chamava ele, Antenor? Pois, na hora dos pontaços, devia dizer com toda fé, Antenor, Antenor, Antenor, não vais comer nem dormir nem descansar enquanto não vieres me falar! Levou ainda um pratinho de doces pra São Cosme e São Damião, deixou o pratinho no mais florido dos jardins que encontrou pelo caminho (tarefa dificílima porque os jardins públicos não tinham flores e os particulares eram fechados com a guarda de cachorros) e foi vê-lo de longe na saída da oficina. Não pôde vê-lo porque (soube através de Gilvan, um chofer de praça muito bonzinho, amigo de Antenor) nessa tarde ele se casava com uma despedida íntima depois do religioso, no São Paulo Chique. Dessa vez não chorou: foi ao crediário Mappin comprou um licoreiro, escreveu um cartão desejando-lhe todas as felicidades do mundo, pediu ao Gilvan que levasse o presente, escreveu no papel de seda do pacote um P. E. bem grande (tinha esquecido de assinar o cartão) e quando chegou em casa bebeu soda cáustica. Saiu do hospital cinco quilos mais magra, amparada por Gilvan de um lado e por Rôni do outro, o táxi de Gilvan cheio de lembrancinhas que o pessoal do salão lhe mandou. Passou, ela disse a Gilvan num fio de voz. Nem penso mais nele, acrescentou, mas prestou bem atenção em Rôni quando ele contou que agora aquele vira-folha era manobrista de um estacionamento da Vila Pompéia, parece que ficava na rua Tito. Escreveu-lhe um bilhete contando que quase tinha morrido mas se arrependia do gesto tresloucado que lhe causara uma queimadura no queixo e outra na perna, que ia se casar com Gilvan que tinha sido muito bom no tempo em que esteve internada e que a perdoasse por tudo o que aconteceu. Seria melhor que ela tivesse morrido porque assim parava de encher o saco, Antenor teria dito quando recebeu o bilhete que picou em mil pedaços, isso diante de um conhecido do Rôni que espalhou a notícia na festa de São João do São Paulo Chique. Gilvan, Gilvan, você foi a minha salvação, ela soluçou na noite de núpcias enquanto fechava os olhos para se lembrar melhor daquela noite em que apertou o braço de Antenor debaixo do guarda-chuva. Quando engravidou, mandou-lhe um postal com uma vista do Cristo Redentor (ele morava agora em Piracicaba com a mulher e as gêmeas) comunicando-lhe o quanto estava feliz numa casa modesta mas limpa, com sua televisão a cores, seu canário e seu cachorrinho chamado Perereca. Assinou por puro hábito porque logo em seguida riscou a assinatura, mas levemente, deixando sob a tênue rede de risquinhos a *Pomba Enamorada* e um coração flechado. No dia em que Gilvanzinho fez três anos, de lenço na boca (estava enjoando por demais nessa segunda gravidez) escreveu-lhe uma carta desejando-lhe todas as venturas do mundo como chofer de uma empresa de ônibus da linha Piracicaba-São Pedro. Na carta, colou um amor-perfeito seco. No noivado da sua caçula Maria Aparecida, só por brincadeira, pediu que uma cigana muito famosa no bairro deitasse as cartas e lesse seu futuro. A mulher embaralhou as cartas encardidas, espalhou tudo na mesa e avisou que se ela fosse no próximo domingo à estação rodoviária veria chegar um homem que iria mudar por completo sua vida, Olha ali, o Rei de Paus com a Dama de Copas do lado esquerdo. Ele devia chegar num ônibus amarelo e vermelho, podia ver até como era, os cabelos grisalhos, costeleta. O nome começava por *A*, olha aqui o Ás de Espadas com a primeira letra do seu nome. Ela riu seu risinho torto (a falha do dente já preenchida, mas ficou o jeito) e disse que tudo isso era passado, que já estava ficando velha demais pra pensar nessas bobagens mas no domingo marcado deixou a neta com a comadre, vestiu o vestido azul-turquesa das bodas de prata, deu uma espiada no horóscopo do dia (não podia ser melhor) e foi.

LUA CRESCENTE EM AMSTERDÃ

O jovem casal parou diante do jardim e ali ficou, sem palavra ou gesto, apenas olhando. A noite cálida, sem vento. Uma menina loura surgiu na alameda de areia branco-azulada e veio correndo. Ficou a certa distância dos forasteiros, observando-os com curiosidade enquanto comia a fatia de bolo que tirou do bolso do avental.

– Vai me dar um pedaço deste bolo? – pediu a jovem estendendo a mão. – Me dá um pedaço, hem, menininha?

– Ela não entende – ele disse.

A jovem levou a mão até a boca.

– Comer, comer! Estou com fome – insistiu na mímica que se acelerou, exasperada. – Quero comer!

– Aqui é a Holanda, querida. Ninguém entende.

A menina foi se afastando de costas. E desatou a correr pelo mesmo caminho por onde viera. Ele adiantou-se para chamar a menina e notou então que a estreita alameda se bifurcava em dois longos braços curvos que deviam se dar as mãos lá no fim, abarcando o pequeno jardim redondo.

– Um abraço tão apertado – ele disse. – Acho que este é o jardim do amor. Tinha lá em casa uma estatueta com um anjo nu fervendo de desejo, apesar do mármore, todo inclinado para a amada seminua, chegava a enlaçá-la. Mas as bocas a um milímetro do beijo, um pouco mais que ele abaixasse... A aflição que me davam aquelas bocas entreabertas, sem poder se juntar. Sem poder se juntar.

– Mas que língua falam em Amsterdã?

– A língua de Amsterdã – ele disse enfiando os dedos nos bolsos da jaqueta, à procura de cigarros. – Teríamos que morrer e renascer aqui para entender o que falam.

– Queria tanto aquele bolo, não sente o cheiro? Queria aquele bolo, uma migalha que fosse e ficaria mastigando, mastigando e o bolo ia se espalhar em mim, na mão, no cabelo, não sente o cheiro?

Ele limpou nas calças os dedos sujos da poeira de fumo que encontrou nos bolsos.

– Vamos dormir aqui. Mas vê se pára de chorar, quer que venha o guarda?

– Quero chorar.

– Então, chora.

Molemente ela se recostou numa árvore. Enlaçou-a. Os cabelos lhe caíam em abandono pela cara, mas através dos cabelos e da folhagem podia ver o céu.

– Que lua magrinha. É lua minguante?

Ele avançou até o meio da alameda e expôs a cara que se banhou na luz do céu estrelado.

– Acho que é crescente, tem o formato de um C. Vem querida, ali tem um banco.

– Não me chame mais de querida.

– Está bem, não chamo.

– Não somos mais queridos, não somos mais nada.

– Está certo. Agora, vem.

– O banco é frio, quero minha cama, quero minha cama – ela soluçou e os soluços fracamente se perderam num gemido. – Que fome. Que fome.

– Amanhã a gente...

– Quero hoje! – ela ordenou endireitando o corpo. Voltou para ele a face endurecida. – Se você me amasse mesmo, faria agora um ensopado com seu fígado, com seu coração. Meus cachorros gostavam de coração de boi, eram enormes. Não vai me fazer um ensopado com seu coração, não vai?

– Meu coração é de isopor e isopor não dá nenhum ensopado. Li uma vez que – ele acrescentou. Puxou-a com brandura: – Vem, Ana. Ali tem um banco.

– Meu coração é de verdade.

Ele riu.

– O seu? Isopor ou acrílico, na história que li o homem achou que tinha tanto sofrimento em redor, mas tanto, que não agüentou e substituiu seu coração por um de acrílico, acho que era acrílico.

– E daí?

Ele ficou olhando para os pés enegrecidos da jovem forçando as tiras das sandálias rotas. Subiu o olhar até o jeans esfiapado, pesado de poeira.

– Daí, nada. Não deu certo, ele teria que nascer outra coisa.

– Você sabia contar histórias melhores.

Sob a camiseta de algodão transparente, os pequeninos bicos dos seios pareciam friorentos. E não estava frio. Foram escurecendo durante a viagem, ele pensou. Qual era a Ana verdadeira, esta ou a outra? A que jurou amá-lo na terra, no mar, no braseiro, na neve, debaixo da ponte, na cama de ouro.

— Você mentiu, Ana.
— Quando? Quando foi que menti?
Ele desviou o olhar desinteressado.
— Vem, que amanhã a gente vai ver o museu de Rembrandt, lembra? Você disse que era o que mais queria ver no mundo.
— Tenho ódio de Rembrandt.
— Não esfregue assim a cara, Ana. Você vai se machucar.
— Quero me machucar.
— Então, se machuque. Mas vem!
— Minhas unhas eram limpas. E agora esta crosta – gemeu ela examinando os dedos em garra. Limpou a gota de sangue que lhe escorreu do arranhão aberto no queixo.
— Confessa que quer seguir sozinho a viagem, que quer se ver livre de mim!
Nem isso. Não queria nada, apenas comer. E, mesmo assim, sem aquele antigo empenho do começo. Gostaria também de sair dançando, a música leve, ele leve e dançando por entre as árvores até se desintegrar numa pirueta.
— Você disse que seria a menina mais feliz do mundo quando pisasse comigo em Amsterdã, lembra?
— Tenho ódio de Amsterdã. Eu era tão perfumada, tão limpa. Me sujei com você.
— Nos sujamos quando acabou o amor. Agora, vem, vamos dormir naquele banco. Vem, Ana.
Ela puxou-lhe a barba.
— Quando foi que fiquei assim imunda, fala!
— Mas eu já disse, foi quando deixou de me amar.
— Mas você também – ela soqueou-lhe fracamente o peito. – Nega que você também...

— Sim, nós dois. A queda dos anjos, não tem um livro? Ah, que diferença faz. Vem.

— O banco é frio.

Quando ele a tomou pela cintura, chegou a se assustar um pouco: era como se estivesse carregando uma criança, precisamente aquela menininha que fugira há pouco com seu pedaço de bolo. Quis se comover. E descobriu que se inquietara mais com o susto da menina do que com o corpo que agora carregava como se carrega uma empoeirada boneca de vitrina, sem saber o que fazer com ela. Depositou-a no banco e sentou-se ao lado. Contudo, era lua crescente. E estavam em Amsterdã. Abriu os braços. Tão oco. Leve. Poderia sair voando pelo jardim, pela cidade. Só o coração pesando — não era estranho? De onde vinha esse peso? Das lembranças? Pior do que a ausência do amor, a memória do amor.

— E onde estão os outros? Para a viagem? Você não disse que era aqui o reino deles? — perguntou ela dobrando o corpo para a frente até encostar o queixo nos joelhos. — Tudo invenção. Isso de Marte ser pedregoso, deserto. Uma vez fui lá, queria tanto voltar. Detesto este jardim.

— Perdemos o outro.

— Que outro?

A voz dela também mudara: era como se viesse do fundo de uma caverna fria. Sem saída. Se ao menos pudesse transmitir-lhe esse distanciamento. Nem piedade nem rancor.

— Você sabia, Ana? Algumas estrelas são leves assim como o ar, a gente pode carregá-las numa maleta. Uma bagagem de estrelas. Já pensou no espanto do homem que fosse roubar essa maleta? Ficaria para sempre com as mãos cintilantes, mas tão cintilantes que não poderia mais tirar as luvas.

— Olha minhas unhas. Até a menininha fugiu de mim — queixou-se ela enlaçando as pernas.

— Desconfiou que você ia avançar no seu bolo.

— Olha minhas unhas. Será que aqui também dão comida em troca de sangue?

— Não sei.

— Uma droga de comida. Aquela de Marrocos — disse ela esfregando na areia a sola da sandália.

— Nosso sangue também deve ser uma droga de sangue.

O silêncio foi se fazendo de pequenos ruídos de bichos e plantas até formar um tênue tecido que perpassava pela folhagem, enganchava-se imponderável numa folha e prosseguia em ondas até se romper no bico de um pássaro.

— Queria um chocolate quente com bolo. O creme, eu enchia uma colher de creme que se espalhava na minha boca, eu abria a boca...

Abriu a boca. Fechou os olhos.

Ele sorriu.

— Estou ouvindo uma música, a gente podia dançar. Se a gente se amasse a gente saía dançando...

Ela levantou as mãos e passou as pontas dos dedos nos cabelos. Na boca.

— E agora? O que acontece quando não se tem mais nada com o amor?

Quase ele levou de novo a mão no bolso para pegar o cigarro, onde fumara o último?

— Quando acaba o amor, sopra o vento e a gente vira outra coisa — respondeu ele.

— Que coisa?

– Sei lá. Não quero é voltar a ser gente, eu teria que conviver com as pessoas e as pessoas... – ele murmurou. – Queria ser um passarinho, vi um dia um passarinho bem de perto e achei que devia ser simples a vida de um passarinho de penas azuis, os olhinhos lustrosos. Acho que eu queria ser aquele passarinho.

– Nunca me teria como companheira, nunca. Gosto de mel, acho que quero ser borboleta. É fácil a vida de borboleta?

– É curta.

O vento soprou tão forte que a menina loura teve que parar porque o avental lhe tapou a cara. Segurou o avental, arrumou a fatia de bolo dentro do guardanapo e olhou em redor. Aproximou-se do banco vazio. Procurou os forasteiros por entre as árvores, voltou até o banco e alongou o olhar meio desapontado pela alameda também deserta. Ficou esfregando as solas dos sapatos na areia fina. Guardou o bolo no bolso e agachou-se para ver melhor o passarinho de penas azuis bicando com disciplinada voracidade a borboleta que procurava se esconder debaixo do banco de pedra.

A ESTRUTURA DA BOLHA DE SABÃO

Era o que ele estudava. "A estrutura, quer dizer, a estrutura", ele repetia e abria a mão branquíssima ao esboçar o gesto redondo. Eu ficava olhando seu gesto impreciso porque uma bolha de sabão é mesmo imprecisa, nem sólida nem líquida, nem realidade nem sonho. Película e oco. "A estrutura da bolha de sabão, compreende?" Não compreendia. Não tinha importância. Importante era o quintal da minha meninice com seus verdes canudos de mamoeiro, quando cortava os mais tenros, que sopravam as bolas maiores, mais perfeitas. Uma de cada vez. Amor calculado, porque na afobação o sopro desencadeava o processo e um delírio de cachos escorriam pelo canudo e vinham rebentar na minha boca, a espuma descendo pelo queixo. Molhando o peito. Então eu jogava longe canudo e caneca. Para recomeçar no dia seguinte, sim, as bolhas de sabão. Mas e a estrutura? "A estrutura", ele insistia. E seu gesto delgado de envolvimento e fuga parecia tocar mas guardava distância, cuidado, cuidadinho, ô! a paciência. A paixão.

No escuro eu sentia essa paixão contornando sutilíssima meu corpo. Estou me espiritualizando, eu disse e ele riu fazendo fremir os dedos-asas, a mão distendida imitando libélula na superfície da água mas sem se comprometer com o fundo, divagações à flor da pele, ô! amor de ritual sem sangue. Sem grito. Amor de transparência e membranas, condenado à ruptura.

Ainda fechei a janela para retê-la, mas com sua superfície que refletia tudo ela avançou cega contra o vidro. Milhares de olhos e não enxergava. Deixou um círculo de espuma. Foi simplesmente isso, pensei quando ele tomou a mulher pelo braço e perguntou: "Vocês já se conheciam?". Sabia muito bem que nunca tínhamos nos visto mas gostava dessas frases acolchoando situações, pessoas. Estávamos num bar e seus olhos de egípcia se retraíam apertados. A fumaça, pensei. Aumentavam e diminuíam até que se reduziram a dois riscos de lápis-lazúli e assim ficaram. A boca polpuda também se apertou, mesquinha. Tem boca à-toa, pensei. Artificiosamente sensual, à-toa. Mas como é que um homem como ele, um físico que estudava a estrutura das bolhas, podia amar uma mulher assim? Mistérios, eu disse e ele sorriu, nos divertíamos em dizer fragmentos de idéias, peças soltas de um jogo que jogávamos meio ao acaso, sem encaixe.

Convidaram-me e sentei, os joelhos de ambos encostados nos meus, a mesa pequena enfeixando copos e hálitos. Me refugiei nos cubos de gelo amontoados no fundo do copo, cheguei a sugerir, ele podia estudar a estrutura do gelo, não era mais fácil? Mas ela queria fazer perguntas. Uma antiga amizade? Uma antiga amizade. Fomos colegas? Não, nos conhecemos numa praia, onde? Por aí, numa praia. Ah. Aos poucos o ciúme foi tomando forma e transbordando espesso como um licor azul-verde, do tom da pintura dos seus olhos. Escorreu pelas nossas roupas, empapou a toalha da mesa, pingou gota a gota. Usava um perfume adocicado. Veio a dor de cabeça: "Estou com dor de cabeça", repetiu não sei quantas vezes. Uma dor fulgurante que começava na nuca e se irradiava até a testa, na altura das sobrancelhas. Empurrou o copo de uísque. "Fulgurante." Empurrou para trás a cadeira e antes que empurrasse a mesa ele pediu a conta. Noutra ocasião a gente poderia se ver, de acordo? Sim, noutra ocasião, é evidente. Na rua, ele pensou em me beijar de leve, como sempre, mas ficou desamparado e eu o tranqüilizei. Está bem, querido, está tudo bem, já entendi. Tomo um táxi, vá depressa! Quando me voltei, dobravam a esquina. Que palavras estariam dizendo enquanto dobravam a esquina? Fingi me interessar pela valise de plástico de xadrez vermelho, estava diante de uma vitrina de valises. Me vi pálida no vidro. Mas como era possível. Choro em casa, resolvi. Em casa telefonei a um amigo, fomos jantar e ele concluiu que o meu cientista estava felicíssimo.

Felicíssimo, repeti quando no dia seguinte cedo ele telefonou para explicar. Cortei a explicação com o *felicíssimo* e lá do outro lado da linha senti-o rir como uma bolha de sabão seria capaz de rir. A única coisa inquietante era aquele ciúme. Mudei logo de assunto com o licoroso pressentimento de que ela ouvia na extensão, era mulher de ficar ouvindo na extensão. Enveredei para as amenidades, oh, o teatro. A poesia. Então ela desligou.

O segundo encontro foi numa exposição de pintura. No começo aquela cordialidade. A boca pródiga. Ele me puxou para ver um quadro de que tinha gostado muito. Não ficamos distantes dela nem cinco minutos. Quando voltamos, os olhos já estavam reduzidos aos dois riscos. Passou a mão na nuca. Furtivamente acariciou a testa. Despedi-me antes da dor fulgurante. Vai virar sinusite, pensei. A sinusite do ciúme, bom nome para um quadro ou ensaio.

"Ele está doente, sabia? Aquele cara que estuda bolhas, não é seu amigo?" Em redor, a massa fervilhante de gente. Música. Calor. Quem é que está doente? perguntei. Sabia perfeitamente que se tratava dele mas precisei perguntar de novo, é preciso perguntar uma, duas vezes para ouvir a mesma resposta, que aquele cara, aquele que estuda essa frescura da bolha, não era meu amigo? Pois estava muito doente, quem contou foi a própria mulher, bonita, sem dúvida, mas um pouco sobre a grossa. Fora casada com um industrial meio fascista que veio para cá com passaporte falso. Até a Interpol já estava avisada, durante a guerra se associou com um tipo que se dizia conde italiano mas não passava de um contrabandista. Estendi a mão e agarrei seu braço porque a ramificação da conversa se alastrava pelas veredas, mal podia vislumbrar o desdobramento da raiz varando por entre pernas, sapatos, croquetes pisados, palitos, fugia pela escada na descida vertiginosa até a porta da rua, espera! eu disse. Espera. Mas o que é que ele tem? Esse meu amigo. A bandeja de uísque oscilou perigosamente acima do nível das nossas cabeças. Os copos tilintaram na inclinação para a direita, para a esquerda, deslizando num só bloco na dança de um convés na tempestade. O que ele tinha? O homem bebeu metade do copo antes de responder: não sabia os detalhes e nem se interessara em saber, afinal, a única coisa gozada era um cara estudar a estrutura da bolha, mas que idéia! Tirei-lhe o copo e bebi devagar o resto do uísque com o cubo de gelo colado ao meu lábio, queimando. Não ele, meu Deus. Não ele, repeti. Embora grave, curiosamente minha voz varou todas as camadas do meu peito até tocar no fundo onde as pontas todas acabam por dar, que nome tinha? Esse fundo, perguntei e fiquei sorrindo para o homem e seu espanto. Expliquei-lhe que era o jogo que eu costumava jogar com ele, com esse meu amigo, o físico. O informante riu. "Juro que nunca pensei que fosse encontrar no mundo um cara que estudasse um troço desses", resmungou, voltando-se rápido para apanhar mais dois copos na bandeja, ô! tão longe ia a bandeja e tudo o mais, fazia quanto tempo? "Me diga uma coisa, vocês não viveram juntos?", lembrou-se o homem de perguntar. Peguei no ar o copo borrifando na tormenta. Estava nua na praia. Mais ou menos, respondi.

Mais ou menos eu disse ao motorista que perguntou se eu sabia onde ficava essa rua. Tinha pensado em pedir notícias por telefone mas a extensão me travou. E agora ela abria a porta, bem-humorada. Contente de me ver? A mim?! Elogiou minha bolsa. Meu penteado despenteado. Nenhum sinal da sinusite. Mas daqui a pouco vai começar. Fulgurante.

"Foi mesmo um grande susto", ela disse. "Mas passou, ele está ótimo ou quase", acrescentou levantando a voz. Do quarto ele poderia ouvir se quisesses. Não perguntei nada.

A casa. Aparentemente, não mudara, mas reparando melhor, tinha menos livros. Mais cheiros: flores de perfume ativo na jarra, óleos perfumados nos móveis. E seu próprio perfume. Objetos frívolos – os múltiplos – substituindo em profusão os únicos, aqueles que ficavam obscuros nas antigas prateleiras da estante. Examinei-a enquanto me mostrava um tapete que tecera nos dias em que ele ficou no hospital. E a fulgurante? Os olhos continuavam bem abertos, a boca descontraída. Ainda não.

"Você poderia ter se levantado, hein, meu amor? Mas anda muito mimado", disse ela quando entramos no quarto. E começou a contar muito satisfeita a história de um ladrão que entrara pelo porão da casa ao lado, "a casa da mãezinha", acrescentou afagando os pés dele debaixo da manta de lã. Acordaram no meio da noite com o ladrão aos berros, pedindo socorro com a mão na ratoeira, tinha ratos no porão e na véspera a mãezinha armara uma enorme ratoeira para pegar o rei de todos, lembra, amor?

O amor estava de chambre verde, recostado na cama cheia de almofadas. As mãos branquíssimas descansando entrelaçadas na altura do peito. Ao lado, um livro aberto e cujo título deixei para ler depois e não fiquei sabendo. Ele mostrou interesse pelo caso do ladrão mas estava distante do ladrão, de mim e dela. De quando em quando me olhava interrogativo, sugerindo lembranças mas eu sabia que era por delicadeza, sempre foi delicadíssimo. Atento e desligado. Onde? Onde estaria com seu chambre largo demais? Era devido àquelas dobras todas que fiquei com a impressão de que emagrecera? Duas vezes empalideceu, ficou quase lívido.

Comecei a sentir falta de alguma coisa, era do cigarro? Acendi um e ainda a sensação aflitiva de que alguma coisa faltava, mas o que estava errado ali? Na hora da pílula lilás ela foi buscar o copo d'água e então ele me olhou lá do seu mundo de estruturas. Bolhas. Por um momento relaxei completamente: "Jogar?". Rimos um para o outro.

"Engole, amor, engole", pediu ela segurando-lhe a cabeça. E voltou-se para mim: "Preciso ir aqui na casa da mãezinha e minha empregada está fora, você não se importa em ficar mais um pouco? Não demoro muito, a casa é ao lado", acrescentou. Ofereceu-me uísque, não queria mesmo? Se quisesse, estava tudo na copa, uísque, gelo, ficasse à vontade. O telefone tocando será que eu podia?...

Saiu e fechou a porta. Fechou-nos. Então descobri o que estava faltando, ô! Deus. Agora eu sabia que ele ia morrer.

HISTÓRIA DE PASSARINHO

Um ano depois os moradores do bairro ainda se lembravam do homem de cabelo ruivo que enlouqueceu e sumiu de casa.

Ele era um santo, disse a mulher abrindo os braços. E as pessoas em redor não perguntaram nada e nem era preciso, perguntar o que se todos já sabiam que era um bom homem que de repente abandonou casa, emprego no cartório, o filho único, tudo. E se mandou Deus sabe para onde.

Só pode ter enlouquecido, sussurrou a mulher, e as pessoas tinham que se aproximar inclinando a cabeça para ouvir melhor. Mas de uma coisa estou certa, tudo começou com aquele passarinho, começou com o passarinho. Que o homem ruivo não sabia se era um canário ou um pintassilgo, Ô, Pai! caçoava o filho, que raio de passarinho é esse que você foi arrumar?!

O homem ruivo introduzia o dedo entre as grades da gaiola e ficava acariciando a cabeça do passarinho que por essa época era um filhote todo arrepiado, escassa a plumagem de um amarelo-pálido com algumas peninhas de um cinza-claro.

Não sei, filho, deve ter caído de algum ninho, peguei ele na rua, não sei que passarinho é esse.

O menino mascava chicle. Você não sabe nada mesmo, Pai, nem marca de carro, nem marca de cigarro, nem marca de passarinho, você não sabe nada.

Em verdade, o homem ruivo sabia bem poucas coisas. Mas de uma coisa ele estava certo, é que naquele instante gostaria de estar em qualquer parte do mundo, mas em qualquer parte mesmo, menos ali. Mais tarde, quando o passarinho cresceu, o homem ruivo ficou sabendo também o quanto ambos se pareciam, o passarinho e ele.

Ai!, o canto desse passarinho, queixava-se a mulher. Você quer mesmo me atormentar, Velho. O menino esticava os beiços, tentando fazer rodinhas com a fumaça do cigarro que subia para o teto, Bicho mais chato, Pai, solta ele.

Antes de sair para o trabalho, o homem ruivo costumava ficar algum tempo olhando o passarinho que desatava a cantar, as asas trêmulas ligeiramente abertas, ora pousando num pé ora noutro e cantando como se não pudesse parar nunca mais. O homem então enfiava a ponta do dedo entre as grades, era a despedida e o passarinho, emudecido, vinha meio encolhido oferecer-lhe a cabeça para a carícia. Enquanto o homem se afastava, o passarinho se atirava meio às cegas contra as grades, fugir, fugir. Algumas vezes, o homem assistiu a essas tentativas que deixavam o passarinho tão cansado, o peito palpitante, o bico ferido. Eu sei, você quer ir embora, você quer ir embora mas não pode ir, lá fora é diferente e agora é tarde demais.

A mulher punha-se então a falar, e falava uns cinqüenta minutos sobre as coisas todas que quisera ter e que o homem ruivo não lhe dera, não esquecer aquela viagem para Pocinhos do Rio Verde e o trem prateado descendo pela noite até o mar. Esse mar que, se não fosse o pai (que Deus o tenha!), ela jamais teria conhecido, porque em negra hora se casara com um homem que não prestava para nada, Não sei mesmo onde estava com a cabeça quando me casei com você, Velho.

Ele continuava com o livro aberto no peito, gostava muito de ler. Quando a mulher baixava o tom de voz, ainda furiosa (mas sem saber mais a razão de tanta fúria), o homem ruivo fechava o livro e ia conversar com o passarinho que se punha tão manso que se abrisse a portinhola poderia colhê-lo na palma da mão. Decorridos os cinqüenta minutos das queixas, e como ele não respondia mesmo, ela se calava, exausta. Puxava-o pela manga, afetuosa, Vai, Velho, o café está esfriando, nunca pensei que nesta idade avançada eu fosse trabalhar tanto assim. O homem ia tomar o café. Numa dessas vezes, esqueceu de fechar a portinhola e quando voltou com o pano preto para cobrir a gaiola (era noite) a gaiola estava vazia. Ele então sentou-se no degrau de pedra da escada e ali ficou pela madrugada, fixo na escuridão. Quando amanheceu, o gato da vizinha desceu o muro, aproximou-se da escada onde estava o homem ruivo e ficou ali estirado, a se espreguiçar sonolento de tão feliz. Por entre o pêlo negro do gato desprendeu-se uma pequenina pena amarelo-acinzentada que o vento delicadamente fez voar. O homem inclinou-se para colher a pena entre o polegar e o indicador. Mas não disse nada, nem mesmo quando o menino, que presenciara a cena, desatou a rir, Passarinho burro! Fugiu e acabou aí, na boca do gato!

Calmamente, sem a menor pressa, o homem ruivo guardou a pena no bolso do casaco e levantou-se com uma expressão tão estranha que o menino parou de rir para ficar olhando. Repetiria depois à Mãe, Mas ele até que parecia contente, Mãe, juro que o Pai parecia contente, juro! A mulher então interrompeu o filho num sussurro, Ele ficou louco.

Quando formou-se a roda de vizinhos, o menino voltou a contar isso tudo, mas não achou importante contar aquela coisa que descobriu de repente: o Pai era um homem alto, nunca tinha reparado antes como ele era alto. Não contou também que estranhou o andar do Pai, firme e reto, mas por que ele andava agora desse jeito? E repetiu o que todos já sabiam, que quando o Pai saiu, deixou o portão aberto e não olhou para trás.

DOLLY

Ela ficou mas a gota de sangue que pingou na minha luva, a gota de sangue veio comigo. Olho as luvas tão calmas em cima da pequena pilha de cadernos no meu colo, a mão esquerda cobrindo a mão direita, escondendo o sangue. Dolly, eu digo e estou calada e olhando em frente neste bonde quase vazio. Dolly! eu repito e sinto aquele aperto no estômago mas não tenho mais vontade de puxar a sineta, descer e voltar correndo até a casa amarela, queria tanto fazer alguma coisa mas fazer o quê?! Olho as luvas de crochê cor-de-caramelo e agora sei, preciso me livrar delas, não ver nunca mais o sangue que pingou e virou uma estrelinha irregular, escura, me livrar das luvas e seguir o meu caminho porque sou uma garota ajuizada e uma garota ajuizada faz isso o que eu fiz, toma o bonde Angélica e volta para casa antes da noite. Antes da tempestade, vai cair uma tempestade. Quando subi neste bonde eu tive a sensação de que um passageiro invisível subiu comigo e se sentou aqui ao meu lado, só nós dois neste banco. Não posso vê-lo mas ele me vê. Espero até ouvir sua voz perguntando se vou contar o que aconteceu. Fui à Barra Funda buscar os meus cadernos de datilografia que esqueci na casa da Dolly, eu respondo e de repente me sinto melhor falando, descubro que é bom falar assim sem pressa enquanto o bonde corre apressado e sacolejando sobre os trilhos. Dolly é a moça do anúncio do jornal, eu digo. Alameda Glete, uma casa geminada. Toquei a campainha, ninguém atendeu, na véspera ela já tinha dito que saía muito. Abri o portãozinho, atravessei o pequeno jardim precisado de água e experimentei o trinco da porta. Entrei e chamei, Dolly! Ninguém na saleta. Fiquei parada até que apareceu o gatinho que miou assustado e fugiu passando por entre as minhas pernas. Quando quis ver se ele não desfiou minha meia reparei que a luz estava acesa. Estranhei, ainda era dia. Estranhei também a desordem, cinzeiros e copos espalhados por toda parte, dois pratos com restos de comida ali no chão, mas me lembrei que Dolly é artista e em casa de artista deve ser assim em noite de festa, teve festa. Quando achei meus cadernos empilhados num canto, vi o calendário amarelo jogado em cima de um almofadão, o ano de 1921 desenhado a nanquim, cada número suspenso no alto pelo bico de uma andorinha azul. Na parede, o prego. Pensei em dependurar o calendário e em trocar o leite talhado na tigela do gato mas se começasse a botar ordem nas coisas, não ia parar mais. Saí. Atravessei o jardinzinho estorricado e já estava na calçada quando a vizinha apareceu na janela, a velhota queria saber se ninguém me atendeu. Ninguém, eu respondi. Só vi o gato. A velhota deu uma risadinha com a boca entortada, Se não dou a comida desse gato ele já tinha morrido. Há-de ver que ela está ferrada no sono, a moça é levada da breca, a noite passada fez uma farra que durou até a madrugada. A vizinhança não está agüentando mais, a gente vai dar parte. Você é amiga dela? Fui recuando de costas. Não, não é minha amiga, respondi e apontei o céu. A tempestade! preciso ir. Cheguei correndo ao ponto do bonde que quase perdi, por sorte era este Angélica. Subi e estou voltando para casa. Acabou, eu digo, e o passageiro invisível espera um pouco até fazer a pergunta, Mas Dolly não é a sua amiga? Contorno com as mãos bem-comportadas a pilha dos cadernos, o bonde está correndo muito, quase foi tudo para o chão. Amiga propriamente não, eu respondo e ouço minha voz reprimida que se esconde daquela Dolly tão descoberta e tão generosa. Seria minha amiga se tivéssemos mais tempo, eu acrescentei depressa, quero falar, sei que vou me salvar falando e adianto, eu queria sair da pensão e por isso recortei toda animada o anúncio do jornal. E se desse certo morar numa casa dividindo as despesas com a dona? Queria tanto ter um quarto só meu, sem entrar na melancólica fila do banheiro, o sabonete na mão, a toalha, Meus Anjos, meus Santos! A casa da anunciante ficava na Barra Funda, a coincidência é que tínhamos a mesma idade. Ela deu as indicações, o bonde, a casa geminada. Gostei do nome da rua, Alameda Glete, mas senti o coração pesado, era o medo da mudança? Achei a casa engraçada, achei a moça meio desmiolada mas tão bonita e não era o que eu queria, não era bem o que eu queria. Quando me despedi dessa Dolly, já sabia que não ia voltar. Na pensão, enquanto escovava meus dentes na pia do quarto é que lembrei, os meus cadernos! Tinha esquecido na casa os benditos cadernos, vou ter que voltar, resolvi, e sacudi-me no desânimo, tomo amanhã o Barra Funda, pego a cadernada e volto voando! Foi o que eu fiz.

Mas, e esse sangue que pingou aí na luva, pergunta o passageiro soprando no fundo do meu ouvido. Cruzo as mãos sobre as luvas e agradeço a Deus por essa pergunta que já estava esperando, tinha que ser feita e eu tinha que responder. Agora sei que vou falar até o fim, o sangue. O sangue. Quando entrei na casa estava de luvas. Chamei, Dolly! O gato apareceu e fugiu. No silêncio, a desordem. A luz acesa. A porta do escritório estava entreaberta. Espiei e vi Dolly na cama debaixo de um acolchoado. Chamei de novo, Dolly! mas sabia que ela estava morta. Fui me aproximando, estava morta. Comecei a tremer, um nó na garganta e as pernas bambas. O acolchoado limpo, sem nenhuma dobra, a casa inteira revirada e o acolchoado chegando mansamente até o queixo de Dolly que me pareceu tão calma, de uma calma que contrastava com a cabeleira emaranhada, aberta no travesseiro. A pesada sombra azul das pálpebras era a única pintura que restou na pele de máscara esvaída. Por entre as pálpebras, a fina nesga vidrada dos olhos. A cabeça da Maria Antonieta estava no chão, me abaixei para pegar a cabeça de porcelana que era de atarraxar e de repente fiquei de joelhos, até que achei melhor ficar de joelhos, o tremor. Espiei debaixo da cama e então vi a poça de sangue negro, quase negro. Perto da poça uma garrafa vazia que rolou da cama. Rolou ou foi jogada lá embaixo? Estendi o braço e com a ponta do dedo fiz rolar a garrafa de vinho que veio vindo até quase tocar nos meus joelhos. Uma crosta de sangue já coagulado cobria todo o gargalo da garrafa até chegar à circunferência da boca onde a crosta parecia mais amolecida, fechando essa boca feito um dedal. Dois filetes de sangue tinham escorrido e seguiram paralelos até o rótulo, onde pararam endurecidos sobre duas letras douradas, um B e um A, o relevo das letras servindo de dique para segurar as gotas. Abri a boca para respirar e senti o cheiro morno que vinha debaixo da cama, aquele cheiro corrompido de uma goiaba que apodreceu e rachou. Continuei ali sem poder me mexer, só respirando, respirando até que de repente empurrei a garrafa para o lugar de onde tinha vindo e acho que foi nessa hora que a gota retardada de sangue pingou do colchão na minha luva. Apertei entre as mãos a cabeça de porcelana da boneca do telefone e fui engolindo toda aquela água que juntou na minha boca. Quando me levantei e olhei para a cama foi com a absurda esperança de não ver mais a Dolly ali. Meus Anjos, meus Santos, fiquei chamando, meus Anjos, meus Santos! repeti e não pensava neles mas em Matilde contando em voz baixa aquela história, roendo as unhas e contando o crime de um famoso ator do *écran*, era um cômico de nome difícil mas o apelido era fácil, o apelido fácil e o riso na cara redonda, Chico Bóia. Eu estava me vestindo, tinha uma aula, e Matilde dando voltas em redor e contando no seu tom mais secreto o caso de arrepiar, foi o noivo que lhe passou isso, mas eu não conhecia esse astro do cinema americano? Pois trancou-se no quarto de um hotel famoso com uma mocinha que queria ser estrela, mas quem não queria ser estrela?, trancou-se com ela nessa festa para comemorar alguma coisa e de madrugada enfiou-lhe uma garrafa entre as pernas, uma garrafa ou coisa parecida. Parei de me pentear e fiquei olhando Matilde pelo espelho, ela estava atrás de mim. Enfiou o quê?! Ela ficou na ponta dos pés e tirou o polegar da boca, Uma garrafa! Que entrou tão fundo que arrebentou tudo lá dentro, a mocinha foi morrer no hospital. Meu noivo lê essas revistas do cinematógrafo que nem chegam até aqui, eu sabia o nome da moça, agora esqueci, um escândalo! Chico Bóia negou tudo, disse que era inocente mas todo mundo ficou desconfiado e a carreira dele é capaz de acabar. Peguei a boina, as luvas e fui saindo com Matilde atrás, o noivo que lia livro policial achou que podiam ser três os motivos do crime, ela resistiu na hora e ele ficou uma fúria, virou bicho e veio com a garrafa ou coisa parecida. Segundo motivo, ele não conseguiu acabar o que tinha começado e ficou com tanta vergonha que subiu a serra, parece que o homem, coitado! às vezes não consegue e então abre o caminho com a primeira coisa que tiver na mão, pode até ser essa mão!, assustou-se Matilde com a própria descoberta. Eu já estava atrasada, a minha aula, Fala Matilde, e o terceiro motivo? Ela abotoou no pescoço o casaquinho e me encarou arfante, Sabe que não lembro? Fechei os olhos, o nó na garganta e a boca salivando, Meus Anjos, meus Santos!... Peguei a ponta do acolchoado e fui puxando devagar. Dolly estava deitada de costas e vestia uma bata de cetim preto decotada e curta com bordados de vidrilhos em arabescos, mas da cintura para baixo estava nua. Tinha as pernas ligeiramente encolhidas de encontro ao ventre, as mãos tentando enlaçar as pernas. Debaixo, a mancha de sangue formando uma grande roda no lençol. Puxei depressa o acolchoado e cobri o horror. Minhas pernas tremiam tanto que mal podiam me agüentar. Dolly, o que fizeram com você?, perguntei e de repente eu tive a impressão de que ela ficou uma outra pessoa, não era mais a Dolly que conheci, na morte ela ficou uma quase-desconhecida com o mesmo emaranhado da cabeleira mas sem aquele brilho que vi na véspera. Contou que seu verdadeiro nome era Maria Auxiliadora. Então essa era a Maria Auxiliadora porque a outra, a Dolly com sua beleza fulgurante, a outra tinha desvanecido. No mármore do criado-mudo, um charuto que foi queimando sozinho até virar essa casca de cinza guardando a forma antiga. Minhas pernas ainda tremiam e meus olhos estavam inundados, mas a tontura tinha passado. Chego a estender a mão para tocá-la na despedida e nem completo o gesto, *Bye,* Dolly. Volto para a saleta e vejo a vitrola aberta, a agulha estatelada no meio do disco. Tropeço num cinzeiro e encontro a Maria Antonieta descabeçada debaixo da mesa. Quando a levantei, vi o sangue na minha luva.

Antes de atarraxar-lhe a cabeça, espio no oco dessa cabeça e vejo uma colherinha de prata que parece ter ficado entalada nas reentrâncias da porcelana onde descubro estrias do que me pareceu uns restos de sal ou bicarbonato, quis provar mas teria que tirar a luva e isso eu ia fazer na rua. Deixei a Maria Antonieta com sua cabeça no lugar e a saia rodada cobrindo o telefone. Pela última vez olhei o vitral da deusa de túnica vermelha, mas sem o sol por detrás, ele estava escuro. Apagado.

Divido casa c/moça. Ligue urgente. Dolly. E o número do telefone. Na primeira vez que pedi a ligação, a telefonista informou que esse número não existia. Insisti e ela se desculpou, tinha entendido mal. A anunciante devia estar ao lado do telefone para atender com essa rapidez.

– *Hi!* Sou a Dolly, quantos anos você tem?

Com esse *Hai!* a Miss Green entrava na classe. Na despedida, o *Bai!* Mas avisou, não eram cumprimentos cerimoniosos.

– Tenho vinte e dois – respondi.

– *Okay, darling,* a minha idade. Meu pavor era ter que dividir a casa com uma velha. Vamos conversar, pode aparecer hoje? É o meu dia livre, sou artista. Quatro horas, está bem?

– Um momento! – pedi e procurei meu reloginho que não estava na lapela, Matilde levou e esqueceu de devolver. – Não sei se vai dar, Dolly, hoje tenho uma aula.

– Vai dar sim, anote o endereço.

– Um momento – pedi novamente e olhei em redor procurando meu estojo que devia estar ali na mesa e não estava. – Preciso pegar um lápis!

A moça é apressada e eu sou lenta, pensei enquanto entrava no quarto. Meu estojo estava na cama de Matilde junto da revista *A Scena Muda* com o retrato de Norma Talmadge na capa, o retrato e aquele bigodinho revirado que Matilde costuma desenhar nas estrelas, mas os astros, esses ela respeita. Meu lápis estava em cima do seu travesseiro.

– Pode dizer, Dolly. Alô! Alô!...

A moça tinha sumido. Fiquei pensando, essa Dolly era ligada ao inglês, quem sabe a gente podia praticar conversação? Mas muito agitada, minha sina era ter sempre por perto gente agitada, Matilde era outra que não parava dois minutos em cima dos dois pés. Ia pendurar o fone no gancho quando ouvi de novo a voz sem sossego.

— Fui buscar um cigarro, *sorry!* Minha casa é na Barra Funda, Alameda Glete, escreveu? Já dou o número, que agora esqueci, você mora onde?

— Numa pensão.

— Mas onde?

— Rua Martim Francisco, bairro de Santa Cecília.

— *Okay,* tome o bonde Barra Funda e na volta, o Angélica, é fácil. Você gosta de gato? Tenho um gatinho, o Thomas. Não sei ainda o seu nome, o que você faz?

— Estou numa escola de datilografia que fica no centro e estudo português e inglês.

— Por que datilografia?

Fiquei muda, pensando. Ela não podia me fazer essa pergunta.

— Meu nome é muito comprido, uso só Adelaide Gurgel.

— *Okay,* Adelaide, estou esperando, quatro horas!

Desliguei e não perguntei o que devia perguntar, se tinha que dividir o quarto com mais alguém. E qual era o preço desse quarto. Meu coração pesando, vou perder a aula. Apalpei de novo a lapela, Ah, Matilde dos meus pecados! Encontrei-a no quarto, recostada na cama. Roía as unhas e lia sua revista com uma expressão extasiada. Estava de calcinha e combinação. Dos cabelos curtos pingava água, tinha saído do banho.

— Você pegou meu reloginho? De lapela.

Ela me encarou.

— Nossa, Ade, você entra sem fazer barulho, parece assombração! A corda do meu relógio desandou e peguei o seu, esqueci de devolver, vai me perdoar?

pediu e abriu a gavetinha do criado-mudo. O relógio estava entre saquinhos de caramelos e comprimidos de cafiaspirina. Entregou o reloginho e retomou a revista. – Hum, estou lendo aqui cada coisa, a Viola Dana olhou sem querer durante a filmagem para um daqueles holofotes e ficou cega, completamente cega! A Bebé Daniels é a mais popular de Hollywood depois do prefeito, sua única rival é a Mary Pickford, que acho muito enjoada.

Abro meu guarda-roupa e pego a boina e as luvas cor-de-caramelo que a tia fez. Mas essa boina não ficaria melhor sem essa pena de ganso? Mas se tiro a pena pode ficar um buraco no crochê, paciência, eu digo, e enterro a boina até as orelhas. Dou uma eriçada na franja que de tão comprida está entrando pelos meus olhos, tenho que aparar essa franja. Calço as luvas. E aparar as unhas. Olho Matilde que continua taque-taque, roendo as próprias.

– Seu cabelo, Matilde. Está molhando todo o travesseiro.

– Minha toalha de rosto está suja e a de banho deixei no varal, ensopada.

Tiro uma toalha da minha gaveta.

– Pronto, fique com esta. E por favor, enxugue esse cabelo!

Ela apanhou a toalha no ar.

– Posso saber onde a senhora vai assim chique?

– Marquei um encontro com a moça do anúncio, mas não fale nisso para ninguém, bico calado – pedi e me inclinei. Matilde tirava os sapatos e deixava no meio do quarto. Juntei-os perto do guarda-roupa. Recolhi debaixo da pia um pente e uma liga que deixei na sua cadeira.

– Já sei – ela gemeu. – Deixar coisas e sapatos desparelhados não dá sorte, perdão! Mas quer saber? Minha única sorte é casar com aquela besta do meu noivo, não quero diploma, não quero emprego, quero é me casar com aquela besta – disse e enrolou com força a toalha na cabeça num movimento de turbante. – Se ele desistir eu me mato.

Fiz um aceno com as pontas dos dedos e olhei o reloginho, quase quatro horas. O céu estava limpo mas o vento uivava por entre a galharia desgrenhada das árvores. Abotoei no peito o casaco. E agora? me perguntei quando desci do bonde e entrei na Alameda Glete. E se eu tivesse que pagar mais nessa casa sem refeições? E se essa Dolly fosse ainda mais trabalhosa do que a Matilde? Disse que era artista. E fumava.

– *Hi!* – Dolly me saudou da porta com a mesma alegria com que me atendeu por telefone. – Não foi fácil encontrar a casa?

Fiquei um instante parada. Nunca tinha visto antes ninguém com a beleza da moça que me esperava ali de pé sob uma réstia de sol. Os olhos pestanudos eram escuros, quase negros, mas os cabelos emaranhados tinham reflexos de ouro. Abriu os braços tão afetuosamente que cheguei a recuar, estranhei, a gente nem se conhecia. Disfarcei meu retraimento com o elogio que fiz ao seu perfume.

– Você gosta? É francês, ganhei de um namorado, como a gente se amava! – ela disse e foi me conduzindo. Entramos numa saleta. – O namoro acabou e o perfume ainda está aí, inteiro.

– Mas por que então?...

– Ah, *darling,* meu futuro está no cinematógrafo. E ele e a família, todo mundo implicando, foi melhor a gente se separar. Você tem namorado?

Antes de ouvir a resposta ela saiu correndo e subiu a escada, tinha ódio de janela batendo e essa janela do quarto lá em cima ficava batendo quando ventava. Fiquei olhando o vitral colorido ao lado da escada e onde uma deusa de túnica vermelha e sandálias douradas era servida por anjinhos encaracolados que voavam sobre o campo de flores. Com o sol atrás do vitral as cores ficavam de tal modo vivas que chegavam a iluminar a saleta. Uma saleta esquisita, atulhada de móveis, quadros. No chão, em cima de uma almofada e quase entornada, a tigela de leite do gato. Peguei a tigela e dei com uma Maria Antonieta de porcelana e pano, a saia rodada de tafetá cobrindo o telefone em cima da mesinha. Reparei que a gargantilha de rendas da boneca escondia a divisão do pescoço de porcelana com o peitilho de seda. Deixei a tigela no tapete. Quando endireitei o corpo, Dolly já estava na minha frente, encarapitada num almofadão. Tirou os cadernos do meu colo e apertou minha mão com tanta alegria que fiquei confundida.

– Então, Adelaide? Entendi que você quer ser secretária, é isso?

– Tenho também outros planos, eu escrevo.

– É mesmo? Escreve onde, *darling?*

– Por enquanto só no meu diário, tenho um diário.

Ela riu. Vestia uma luxuosa jaqueta de veludo com gola de astracã preto e uma ampla saia de casimira preta que lhe chegava até os extravagantes sapatos de camurça cor-de-ferrugem, a sola fina, do feitio dos sapatos dos índios americanos das revistas de Matilde.

– Escuta, *darling,* aluguei esta casa de dois irmãos velhinhos que foram agora morar com a irmã, me pediram que escolhesse o que quisesse de toda esta tranqueira, o resto eles mandam buscar. Sabe que ainda não tive tempo de fazer a escolha? – perguntou e abriu os braços. – Quando sair tudo isso você vai ver, esta casa é lindinha! Tem três quartos lá em cima e dois banheiros, dois! Estou dormindo aqui embaixo no escritório, ali! – E indicou uma porta envidraçada. Levantou-se. – Durmo no meio de estantes de livros, uma poeirada, mas tem uma cama que é deliciosa, o colchão é de penas, um ninho, os velhos até que se cuidavam. Quer subir e ver seu quarto?

– Depois, Dolly.

– Quando a gente arrumar a casa então eu subo com meu colchão, ainda não tive tempo, estou numa escola de arte dramática e estudo inglês, América, *darling,* América! Você vive do quê?

– Meu pai me manda uma mesada.

– Por enquanto não me fale em dinheiro, *okay?* Recebi uma bela bolada em dólares, não pense tão cedo em me pagar, eu queria era dividir esta casa com alguém. O que faz seu namorado? Como se chama?

– Gervásio.

– Vocês estão firmes? O que ele faz?

– Estuda na escola de belas-artes. E parece que trabalha num banco...

– Mas por que essa indecisão? Ataca, *darling!* Perguntei porque se tem namorado, ele não vai deixar você entrar nesse concurso, lógico, namorado é assim, você dá um espirro e ele quer saber por que você espirrou. Qual é sua altura, um metro e setenta?

– Acho que um pouco mais. Que concurso é esse, Dolly, não sei de nada...

– Foi uma idéia que me veio na cabeça, quer um conhaque? – perguntou e abriu a cristaleira. Tirou uma garrafa e copos. – Não tem conhaque melhor do que este, ganhei uma caixa de um amigo do ramo, você sabe, cinematógrafo. Vai querer um gole?

– Não bebo.

Ela voltou com o copo para o almofadão.

– *Okay,* entendi, aposto que é virgem, não é virgem? Garota, como você está apavorada! – ela exclamou e riu gostosamente. – Está apavorada como se eu fosse o próprio diabo, ah! *darling,* tome só um gole que vai ser bom, antes de engolir guarde o gole na boca e vai devagar, *okay?* Você está gelada, não está gelada? – perguntou e tocou na minha mão. – Uma pedra de gelo!

Tomei um gole do seu copo. Minha cara ardeu porque de repente achei que estava me comportando como uma verdadeira caipira.

– O caso é que você é apressada, Dolly, você é muito rápida e eu sou assim lenta.

– Sua família mora aqui?

– No interior, fica um pouco longe. A gente tinha uma fazenda de café.

– Uma fazenda?! Foi sua mãe que fez essa sua boina?

– Foi tia Adelaide, tenho esse nome por causa dela. Mas você falou num concurso, Dolly, que concurso é esse, não sei de nada.

Ela tirou um cigarro de uma caixa da mesa mais próxima. Bebeu devagar, pensativa.

O concurso vai eleger a mais bela brasileira. A eleita vai ganhar cinco contos de réis, uma viagem até Nova York e um contrato com a Paramount,

Hollywood, *darling*, Hollywood! Quando te vi, pensei logo, essa daí também é bonita e pode ganhar porque é mais alta do que eu, se inventa de se candidatar eu posso perder. Mas sabe de uma coisa, o que é importante mesmo é o rosto, o corpo não vale tanto assim, essas estrelas que se enrolam em panos e jóias é para disfarçar as sardas, as banhas. Meus amigos me disseram que o que vale é o rosto que aparece na telona. Parece que a comissão julgadora também faz muita questão dos dentes, está vendo? – perguntou e arregaçou os lábios. – Já fui até convidada pela companhia Odol para fazer um anúncio, acredita? Vai, mostra seus dentes, quero ver!

Mostrei os dentes. Ela ficou me olhando, impressionada.

– Meus amigos me contaram que muitas atrizes têm dentes postiços ou com tantos defeitos que elas só podem representar a desilusão ou a tristeza, é lógico. – Serviu-se de mais conhaque. – Você mora sozinha nessa pensão?

– Tenho uma companheira de quarto.

– É mesmo? Assim que nem a gente?

– Ela estuda, vai ser professora mas quer mesmo é se casar – respondi e me deu vontade de rir. – Fala muito nesse *écran*, está sempre lendo as histórias lá dos astros.

– Por que ela não vem morar aqui, tenho três quartos, não vai precisar pagar nada! Olha, esta vitrola eu ganhei de um amigo que veio de uma viagem – disse e apontou uma caixa de couro verde em cima de um banco mais alto. – Você gosta de dançar? Adoro dançar, a gente pode armar às vezes uma fuzarca, tenho discos bem modernos – disse rapidamente. Calou-se.

Os olhos pestanudos ficaram preocupados. – Uma candidata que conheci outro dia numa festa podia ganhar, mas meus amigos apostam mesmo em mim, essa candidata é muito bonita mas tem um furo no dente da frente.

– Um furo?

– Logo no dente da frente, ela ri e aparece aquele furo preto. Lógico que ela está vendo esse furo, não é nenhuma boba, mas tem dinheiro para o dentista? Conversei com o meu agente, a pobreza por aqui passou da conta, *darling*. Passou da conta, futuro brilhante só lá longe – acrescentou e ficou olhando pensativa os sapatos de índio. Fechou o copo nas mãos e animou-se. – Você acha que sua tia Adelaide vai gostar de mim?

– Se ela gostar faz uma boina igual à minha e te manda nesse Natal.

Ela vergou para trás de tanto rir.

– Igual a essa? Mas eu vou adorar, você passa lá o Natal? A gente podia ir junto, eu levo as comidas, as bebidas, *okay?* Estou pensando que se você virar atriz vai ter que mudar de nome como eu fiz, meu nome de verdade é Maria Auxiliadora, inventei o Dolly e meu agente inventou o Dalton, gosto das iniciais nas roupas, DD. Sabe que já fui *girl* aí num teatro? Pena que meus seios são muito pequenos, estou passando neles essa Pasta Oriental, seios assim pequenos podem me prejudicar no concurso mas no cinematógrafo não tem importância e meu sonho é só esse, ser estrela, estrela! – repetiu e me segurou pela manga. – Mas o que é isso? Já está indo embora?

– Tenho que ir, Dolly, a aula, não posso faltar.

– Mas ainda nem viu seu quarto!

– Outro dia, agora tenho que ir correndo mas eu volto, prometo, eu volto.

Ela ficou de pé na minha frente, me examinando. E teve um daqueles seus gestos bruscos antes de anunciar uma nova idéia.

– Quer um chapéu? Vou te dar um chapéu, espera, tenho três caixas de chapéu da Madame Toscano, são lindinhos, leva um!

– Agora não, Dolly, quando eu voltar, prometo.

Ela aproximou-se. Pensei que fosse arrumar minha franja mas queria ajeitar minha boina. Puxou-a de lado, e tanto que a pena de ganso quase tocou no meu ombro. Acertou a pena direcionando-a com firmeza para trás, como se em pleno movimento ela tivesse varado o crochê.

– Ficou outra coisa, está vendo? Estava parecendo uma touca de enfermeira – disse e riu abrindo os braços para me abraçar. A campainha do telefone começou a tocar debaixo da saia da boneca. Ela foi atender. – *Hi!* – disse e voltou-se para me acenar. – *Bye!*

Aqui estou no bonde Angélica que corre contra a noite e contra a tempestade que tomou outro rumo com suas botas de nuvens, vou escrever isso no meu diário, a tempestade usa botas. Olho em frente e vejo o motorneiro de costas com seu impermeável de chuva. O cobrador também vestiu a capa preta, cobriu o boné com um gorro e vem vindo pelo estribo, agarrado às traves e com a outra mão fechando com força as cortinas do carro, quer acabar logo a tarefa e se abrigar lá no fundo. Vou escorregando até ficar no meio do banco. Corrijo depressa a minha posição, eu estava arcada. Olho as luvas em cima dos cadernos, a mão esquerda cobrindo a direita, ali onde o sangue pingou. Já sei. Vou deixar essas luvas aqui no banco quando eu descer na próxima parada, todos os passageiros já desceram, estou sozinha, eu e Deus. O passageiro invisível desceu há pouco, escutou minha ida ao inferno, me provocou até que eu dissesse tudo mas ele mesmo não disse nada e nem precisava, quando vi ele já tinha descido e agora estou leve e respirando de novo sem o nó na garganta. Sem a ânsia. Falei tudo e agora sinto essa aragem que vem não sei de onde, me libertei! e estou voltando lá para a pensão, sei que vou encontrar Matilde que não saiu porque a besta do namorado não telefonou e vai querer saber o que aconteceu. Não aconteceu nada, eu digo. Fui à Alameda Glete, toquei a campainha, ninguém apareceu. A porta estava aberta, chamei pela Dolly mas ela devia estar dormindo e daí peguei meus cadernos na saleta e saí ligeiro, a chuva. Matilde vai dizer que foi bom eu não inventar de me mudar quase no fim do ano e vai contar a última novidade da revista, o Rodolfo Valentino trocou de amor, está apaixonado por uma mulher mais velha que se veste de preto e tem um passado misterioso. Vamos juntas tomar a sopa na sala, hoje deve ser sopa de ervilhas, boto bastante sal e fica uma delícia, que fome! descubro e respiro de boca aberta. E o motivo? O noivo da Matilde disse que três motivos podiam provocar um crime assim, ela esqueceu o terceiro mas não tem terceiro, o motivo é um só, a crueldade a crueldade a crueldade.

— A chuva brava ainda demora um pouco – disse o cobrador de bigode antes de baixar a cortina do meu banco.

– Vou ter tempo então de chegar antes dela – eu digo e puxo a sineta e levanto a cortina que ele acabou de baixar. Desço com o bonde ainda andando e corro até a calçada apertando contra o peito os meus cadernos.

– Moça, sua luva, esqueceu sua luva! – o cobrador me avisa aos gritos.

Agradeço quando ele me atira as luvas e me vem uma vontade de rir porque penso na Dolly que deve estar rindo de mim, não na Dolly esvaída mas na outra, na Dolly de olhar aceso e cabeleira cintilante que encontrei me esperando na porta. Vou andando e ouvindo o bonde que se afasta quase manso sobre os trilhos e me faz bem ouvir o som deslizante que me acompanha. Estou sem medo na rua deserta, já sei, sou tartaruga mas agora virei lebre indo firme até o bueiro onde deixo cair as luvas, Bye! A primeira gota de chuva caiu na minha boca. Vai, ataca!, ela ordenou. Apresso o passo, estou chegando, depois da sopa eu telefono, Gervásio ainda está em casa, Vamos tomar um lanche amanhã? E se essa chuva engrossar e deformar esta boina eu peço à tia que me faça uma boina nova, as luvas e a boina com a pena vermelha, mas do mesmo vermelho com o sol da deusa do vitral.

Coleção **L&PM** POCKET

84. **A propriedade é um roubo** – P.-J. Proudhon
85. **Drácula** – Bram Stoker
86. **O marido complacente** – Sade
87. **De profundis** – Oscar Wilde
88. **Sem plumas** – Woody Allen
89. **Os bruzundangas** – Lima Barreto
90. **O cão dos Baskervilles** – Arthur Conan Doyle
91. **Paraísos artificiais** – Charles Baudelaire
92. **Cândido, ou o otimismo** – Voltaire
93. **Triste fim de Policarpo Quaresma** – Lima Barreto
94. **Amor de perdição** – Camilo Castelo Branco
95. **A megera domada** – Shakespeare / trad. Millôr
96. **O mulato** – Aluísio Azevedo
97. **O alienista** – Machado de Assis
98. **O livro dos sonhos** – Jack Kerouac
99. **Noite na taverna** – Álvares de Azevedo
100. **Aura** – Carlos Fuentes
102. **Contos gauchescos e Lendas do sul** – Simões Lopes Neto
103. **O cortiço** – Aluísio Azevedo
104. **Marília de Dirceu** – T. A. Gonzaga
105. **O Primo Basílio** – Eça de Queiroz
106. **O ateneu** – Raul Pompéia
107. **Um escândalo na Boêmia** – Arthur Conan Doyle
108. **Contos** – Machado de Assis
109. **200 Sonetos** – Luis Vaz de Camões
110. **O príncipe** – Maquiavel
111. **A escrava Isaura** – Bernardo Guimarães
112. **O solteirão nobre** – Conan Doyle
114. **Shakespeare de A a Z** – Shakespeare
115. **A relíquia** – Eça de Queiroz
117. **Livro do corpo** – Vários
118. **Lira dos 20 anos** – Álvares de Azevedo
119. **Esaú e Jacó** – Machado de Assis
120. **A barcarola** – Pablo Neruda
121. **Os conquistadores** – Júlio Verne
122. **Contos breves** – G. Apollinaire
123. **Taipi** – Herman Melville
124. **Livro dos desafortos** – org. de Sergio Faraco
125. **A mão e a luva** – Machado de Assis
126. **Doutor Miragem** – Moacyr Scliar
127. **O penitente** – Isaac B. Singer
128. **Diários da descoberta da América** – C. Colombo
129. **Édipo Rei** – Sófocles
130. **Romeu e Julieta** – Shakespeare
131. **Hollywood** – Charles Bukowski
132. **Billy the Kid** – Pat Garrett
133. **Cuca fundida** – Woody Allen
134. **O jogador** – Dostoiévski
135. **O livro da selva** – Rudyard Kipling
136. **O vale do terror** – Arthur Conan Doyle
137. **Dançar tango em Porto Alegre** – S. Faraco
138. **O gaúcho** – Carlos Reverbel
139. **A volta ao mundo em oitenta dias** – J. Verne
140. **O livro dos esnobes** – W. M. Thackeray
141. **Amor & morte em Poodle Springs** – Raymond Chandler & R. Parker
142. **As aventuras de David Balfour** – Stevenson
143. **Alice no país das maravilhas** – Lewis Carroll
144. **A ressurreição** – Machado de Assis
145. **Inimigos, uma história de amor** – I. Singer
146. **O Guarani** – José de Alencar
147. **A cidade e as serras** – Eça de Queiroz
148. **Eu e outras poesias** – Augusto dos Anjos
149. **A mulher de trinta anos** – Balzac
150. **Pomba enamorada** – Lygia F. Telles
151. **Contos fluminenses** – Machado de Assis
152. **Antes de Adão** – Jack London
153. **Intervalo amoroso** – A. Romano de Sant'Anna
154. **Memorial de Aires** – Machado de Assis
155. **Naufrágios e comentários** – Cabeza de Vaca
156. **Ubirajara** – José de Alencar
157. **Textos anarquistas** – Bakunin
159. **Amor de salvação** – Camilo Castelo Branco
160. **O gaúcho** – José de Alencar
161. **O livro das maravilhas** – Marco Polo
162. **Inocência** – Visconde de Taunay
163. **Helena** – Machado de Assis
164. **Uma estação de amor** – Horácio Quiroga
165. **Poesia reunida** – Martha Medeiros
166. **Memórias de Sherlock Holmes** – Conan Doyle
167. **A vida de Mozart** – Stendhal
168. **O primeiro terço** – Neal Cassady
169. **O mandarim** – Eça de Queiroz
170. **Um espinho de marfim** – Marina Colasanti
171. **A ilustre Casa de Ramires** – Eça de Queiroz
172. **Lucíola** – José de Alencar
173. **Antígona** – Sófocles – trad. Donaldo Schüler
174. **Otelo** – William Shakespeare
175. **Antologia** – Gregório de Matos
176. **A liberdade de imprensa** – Karl Marx
177. **Casa de pensão** – Aluísio Azevedo
178. **São Manuel Bueno, Mártir** – Unamuno
179. **Primaveras** – Casimiro de Abreu
180. **O noviço** – Martins Pena
181. **O sertanejo** – José de Alencar
182. **Eurico, o presbítero** – Alexandre Herculano
183. **O signo dos quatro** – Conan Doyle
184. **Sete anos no Tibet** – Heinrich Harrer
185. **Vagamundo** – Eduardo Galeano
186. **De repente acidentes** – Carl Solomon
187. **As minas de Salomão** – Rider Haggar
188. **Uivo** – Allen Ginsberg
189. **A ciclista solitária** – Conan Doyle
190. **Os seis bustos de Napoleão** – Conan Doyle
191. **Cortejo do divino** – Nelida Piñon
194. **Os crimes do amor** – Marquês de Sade
195. **Besame Mucho** – Mário Prata
196. **Tuareg** – Alberto Vázquez-Figueroa
197. **O longo adeus** – Raymond Chandler
199. **Notas de um velho safado** – C. Bukowski
200. **111 ais** – Dalton Trevisan
201. **O nariz** – Nicolai Gogol
202. **O capote** – Nicolai Gogol
203. **Macbeth** – William Shakespeare
204. **Heráclito** – Donaldo Schüler
205. **Você deve desistir, Osvaldo** – Cyro Martins
206. **Memórias de Garibaldi** – A. Dumas
207. **A arte da guerra** – Sun Tzu
208. **Fragmentos** – Caio Fernando Abreu
209. **Festa no castelo** – Moacyr Scliar
210. **O grande deflorador** – Dalton Trevisan
212. **Homem do princípio ao fim** – Millôr Fernandes
213. **Aline e seus dois namorados** – A. Iturrusgarai

214. A juba do leão – Sir Arthur Conan Doyle
215. Assassino metido a esperto – R. Chandler
216. Confissões de um comedor de ópio – T. De Quincey
217. Os sofrimentos do jovem Werther – Goethe
218. Fedra – Racine / Trad. Millôr Fernandes
219. O vampiro de Sussex – Conan Doyle
220. Sonho de uma noite de verão – Shakespeare
221. Dias e noites de amor e de guerra – Galeano
222. O Profeta – Khalil Gibran
223. Flávia, cabeça, tronco e membros – M. Fernandes
224. Guia da ópera – Jeanne Suhamy
225. Macário – Álvares de Azevedo
226. Etiqueta na prática – Celia Ribeiro
227. Manifesto do partido comunista – Marx & Engels
228. Poemas – Millôr Fernandes
229. Um inimigo do povo – Henrik Ibsen
230. O paraíso destruído – Frei B. de las Casas
231. O gato no escuro – Josué Guimarães
232. O mágico de Oz – L. Frank Baum
233. Armas no Cyrano's – Raymond Chandler
234. Max e os felinos – Moacyr Scliar
235. Nos céus de Paris – Alcy Cheuiche
236. Os bandoleiros – Schiller
237. A primeira coisa que eu botei na boca – Deonísio da Silva
238. As aventuras de Simbad, o marújo
239. O retrato de Dorian Gray – Oscar Wilde
240. A carteira de meu tio – J. Manuel de Macedo
241. A luneta mágica – J. Manuel de Macedo
242. A metamorfose – Kafka
243. A flecha de ouro – Joseph Conrad
244. A ilha do tesouro – R. L. Stevenson
245. Marx - Vida & Obra – José A. Giannotti
246. Gênesis
247. Unidos para sempre – Ruth Rendell
248. A arte de amar – Ovídio
249. O sono eterno – Raymond Chandler
250. Novas receitas do Anonymus Gourmet – J.A.P.M.
251. A nova catacumba – Arthur Conan Doyle
252. Dr. Negro – Arthur Conan Doyle
253. Os voluntários – Moacyr Scliar
254. A bela adormecida – Irmãos Grimm
255. O príncipe sapo – Irmãos Grimm
256. Confissões *e* Memórias – H. Heine
257. Viva o Alegrete – Sergio Faraco
258. Vou estar esperando – R. Chandler
259. A senhora Beate e seu filho – Schnitzler
260. O ovo apunhalado – Caio Fernando Abreu
261. O ciclo das águas – Moacyr Scliar
262. Millôr Definitivo – Millôr Fernandes
263. Viagem ao centro da Terra – Júlio Verne
264. A dama do lago – Raymond Chandler
265. Caninos brancos – Jack London
267. O médico e o monstro – R. L. Stevenson
268. A tempestade – William Shakespeare
269. Assassinatos na rua Morgue – E. Allan Poe
270. 99 corruíras nanicas – Dalton Trevisan
271. Broquéis – Cruz e Sousa
272. Mês de cães danados – Moacyr Scliar
273. Anarquistas – vol. 1 – A idéia – G. Woodcock
274. Anarquistas – vol. 2 – O movimento – G. Woodcock
275. Pai e filho, filho e pai – Moacyr Scliar
276. As aventuras de Tom Sawyer – Mark Twain
277. Muito barulho por nada – W. Shakespeare
278. Elogio da loucura – Erasmo
279. Autobiografia de Alice B. Toklas – G. Stein
280. O chamado da floresta – J. London
281. Uma agulha para o diabo – Ruth Rendell
282. Verdes vales do fim do mundo – A. Bivar
283. Ovelhas negras – Caio Fernando Abreu
284. O fantasma de Canterville – O. Wilde
285. Receitas de Yayá Ribeiro – Celia Ribeiro
286. A galinha degolada – H. Quiroga
287. O último adeus de Sherlock Holmes – A. Conan Doyle
288. A. Gourmet *em* Histórias de cama & mesa – J. A. Pinheiro Machado
289. Topless – Martha Medeiros
290. Mais receitas do Anonymus Gourmet – J. A. Pinheiro Machado
291. Origens do discurso democrático – D. Schüler
292. Humor politicamente incorreto – Nani
293. O teatro do bem e do mal – E. Galeano
294. Garibaldi & Manoela – J. Guimarães
295. 10 dias que abalaram o mundo – John Reed
296. Numa fria – Charles Bukowski
297. Poesia de Florbela Espanca vol. 1
298. Poesia de Florbela Espanca vol. 2
299. Escreva certo – E. Oliveira e M. E. Bernd
300. O vermelho e o negro – Stendhal
301. Ecce homo – Friedrich Nietzsche
302. (7). Comer bem, sem culpa – Dr. Fernando Lucchese, A. Gourmet e Iotti
303. O livro de Cesário Verde – Cesário Verde
305. 100 receitas de macarrão – S. Lancellotti
306. 160 receitas de molhos – S. Lancellotti
307. 100 receitas light – H. e Â. Tonetto
308. 100 receitas de sobremesas – Celia Ribeiro
309. Mais de 100 dicas de churrasco – Leon Diziekaniak
310. 100 receitas de acompanhamentos – C. Cabeda
311. Honra ou vendetta – S. Lancellotti
312. A alma do homem sob o socialismo – Oscar Wilde
313. Tudo sobre Yôga – Mestre De Rose
314. Os varões assinalados – Tabajara Ruas
315. Édipo em Colono – Sófocles
316. Lisístrata – Aristófanes / trad. Millôr
317. Sonhos de Bunker Hill – John Fante
318. Os deuses de Raquel – Moacyr Scliar
319. O colosso de Marússia – Henry Miller
320. As eruditas – Molière / trad. Millôr
321. Radicci 1 – Iotti
322. Os Sete contra Tebas – Ésquilo
323. Brasil Terra à vista – Eduardo Bueno
324. Radicci 2 – Iotti
325. Júlio César – William Shakespeare
326. A carta de Pero Vaz de Caminha
327. Cozinha Clássica – Sílvio Lancellotti
328. Madame Bovary – Gustave Flaubert
329. Dicionário do viajante insólito – M. Scliar
330. O capitão saiu para o almoço... – Bukowski
331. A carta roubada – Edgar Allan Poe
332. É tarde para saber – Josué Guimarães
333. O livro de bolso da Astrologia – Maggy Harrisonx e Mellina Li
334. 1933 foi um ano ruim – John Fante
335. 100 receitas de arroz – Aninha Comas
336. Guia prático do Português correto – vol. 1 – Cláudio Moreno
337. Bartleby, o escriturário – H. Melville

338. Enterrem meu coração na curva do rio – Dee Brown
339. Um conto de Natal – Charles Dickens
340. Cozinha sem segredos – J. A. P. Machado
341. A dama das Camélias – A. Dumas Filho
342. Alimentação saudável – H. e Â. Tonetto
343. Continhos galantes – Dalton Trevisan
344. A Divina Comédia – Dante Alighieri
345. A Dupla Sertanojo – Santiago
346. Cavalos do amanhecer – Mario Arregui
347. Biografia de Vincent van Gogh por sua cunhada – Jo van Gogh-Bonger
348. Radicci 3 – Iotti
349. Nada de novo no front – E. M. Remarque
350. A hora dos assassinos – Henry Miller
351. Flush - Memórias de um cão – Virginia Woolf
352. A guerra no Bom Fim – M. Scliar
353(1). O caso Saint-Fiacre – Simenon
354(2). Morte na alta sociedade – Simenon
355(3). O cão amarelo – Simenon
356(4). Maigret e o homem do banco – Simenon
357. As uvas e o vento – Pablo Neruda
358. On the road – Jack Kerouac
359. O coração amarelo – Pablo Neruda
360. Livro das perguntas – Pablo Neruda
361. Noite de Reis – William Shakespeare
362. Manual de Ecologia – vol.1 – J. Lutzenberger
363. O mais longo dos dias – Cornelius Ryan
364. Foi bom prá você? – Nani
365. Crepusculário – Pablo Neruda
366. A comédia dos erros – Shakespeare
367(5). A primeira investigação de Maigret – Simenon
368(6). As férias de Maigret – Simenon
369. Mate-me por favor (vol.1) – L. McNeil
370. Mate-me por favor (vol.2) – L. McNeil
371. Carta ao pai – Kafka
372. Os vagabundos iluminados – J. Kerouac
373(7). O enforcado – Simenon
374(8). A fúria de Maigret – Simenon
375. Vargas, uma biografia política – H. Silva
376. Poesia reunida (vol.1) – A. R. de Sant'Anna
377. Poesia reunida (vol.2) – A. R. de Sant'Anna
378. Alice no país do espelho – Lewis Carroll
379. Residência na Terra 1 – Pablo Neruda
380. Residência na Terra 2 – Pablo Neruda
381. Terceira Residência – Pablo Neruda
382. O delírio amoroso – Bocage
383. Futebol ao sol e à sombra – E. Galeano
384(9). O porto das brumas – Simenon
385(10). Maigret e seu morto – Simenon
386. Radicci 4 – Iotti
387. Boas maneiras & sucesso nos negócios – Celia Ribeiro
388. Uma história Farroupilha – M. Scliar
389. Na mesa ninguém envelhece – J. A. P. Machado
390. 200 receitas inéditas do Anonymous Gourmet – J. A. Pinheiro Machado
391. Guia prático do Português correto – vol.2 – Cláudio Moreno
392. Breviário dos terras do Brasil – Assis Brasil
393. Cantos Cerimoniais – Pablo Neruda
394. Jardim de Inverno – Pablo Neruda
395. Antonio e Cleópatra – William Shakespeare
396. Tróia – Cláudio Moreno
397. Meu tio matou um cara – Jorge Furtado
398. O anatomista – Federico Andahazi
399. As viagens de Gulliver – Jonathan Swift
400. Dom Quixote – (v. 1) – Miguel de Cervantes
401. Dom Quixote – (v. 2) – Miguel de Cervantes
402. Sozinho no Pólo Norte – Thomaz Brandolin
403. Matadouro 5 – Kurt Vonnegut
404. Delta de Vênus – Anaïs Nin
405. O melhor de Hagar 2 – Dik Browne
406. É grave Doutor? – Nani
407. Orai pornô – Nani
408(11). Maigret em Nova York – Simenon
409(12). O assassino sem rosto – Simenon
410(13). O mistério das jóias roubadas – Simenon
411. A irmãzinha – Raymond Chandler
412. Três contos – Gustave Flaubert
413. De ratos e homens – John Steinbeck
414. Lazarilho de Tormes – Anônimo do séc. XVI
415. Triângulo das águas – Caio Fernando Abreu
416. 100 receitas de carnes – Sílvio Lancellotti
417. Histórias de robôs: vol. 1 – org. Isaac Asimov
418. Histórias de robôs: vol. 2 – org. Isaac Asimov
419. Histórias de robôs: vol. 3 – org. Isaac Asimov
420. O país dos centauros – Tabajara Ruas
421. A república de Anita – Tabajara Ruas
422. A carga dos lanceiros – Tabajara Ruas
423. Um amigo de Kafka – Isaac Singer
424. As alegres matronas de Windsor – Shakespeare
425. Amor e exílio – Isaac Bashevis Singer
426. Use & abuse do seu signo – Marília Fiorillo e Marylou Simonsen
427. Pigmaleão – Bernard Shaw
428. As fenícias – Eurípides
429. Everest – Thomaz Brandolin
430. A arte de furtar – Anônimo do séc. XVI
431. Billy Bud – Herman Melville
432. A rosa separada – Pablo Neruda
433. Elegia – Pablo Neruda
434. A garota de Cassidy – David Goodis
435. Como fazer a guerra: máximas de Napoleão – Balzac
436. Poemas escolhidos – Emily Dickinson
437. Gracias por el fuego – Mario Benedetti
438. O sofá – Crébillon Fils
439. O "Martín Fierro" – Jorge Luis Borges
440. Trabalhos de amor perdidos – W. Shakespeare
441. O melhor de Hagar 3 – Dik Browne
442. Os Maias (volume1) – Eça de Queiroz
443. Os Maias (volume2) – Eça de Queiroz
444. Anti-Justine – Restif de La Bretonne
445. Juventude – Joseph Conrad
446. Contos – Eça de Queiroz
447. Janela para a morte – Raymond Chandler
448. Um amor de Swann – Marcel Proust
449. À paz perpétua – Immanuel Kant
450. A conquista do México – Hernan Cortez
451. Defeitos escolhidos e 2000 – Pablo Neruda
452. O casamento do céu e do inferno – William Blake
453. A primeira viagem ao redor do mundo – Antonio Pigafetta
454(14). Uma sombra na janela – Simenon
455(15). A noite da encruzilhada – Simenon
456(16). A velha senhora – Simenon
457. Sartre – Annie Cohen-Solal
458. Discurso do método – René Descartes
459. Garfield em grande forma (1) – Jim Davis

460. Garfield está de dieta (2) – Jim Davis
461. O livro das feras – Patricia Highsmith
462. Viajante solitário – Jack Kerouac
463. Auto da barca do inferno – Gil Vicente
464. O livro vermelho dos pensamentos de Millôr – Millôr Fernandes
465. O livro dos abraços – Eduardo Galeano
466. Voltaremos! – José Antonio Pinheiro Machado
467. Rango – Edgar Vasques
468(8). Dieta mediterrânea – Dr. Fernando Lucchese e José Antonio Pinheiro Machado
469. Radicci 5 – Iotti
470. Pequenos pássaros – Anaïs Nin
471. Guia prático do Português correto – vol.3 – Cláudio Moreno
472. Atire no pianista – David Goodis
473. Antologia Poética – García Lorca
474. Alexandre e César – Plutarco
475. Uma espiã na casa do amor – Anaïs Nin
476. A gorda do Tiki Bar – Dalton Trevisan
477. Garfield um gato de peso (3) – Jim Davis
478. Canibais – David Coimbra
479. A arte de escrever – Arthur Schopenhauer
480. Pinóquio – Carlo Collodi
481. Misto-quente – Charles Bukowski
482. A lua na sarjeta – David Goodis
483. O melhor do Recruta Zero (1) – Mort Walker
484. Aline 2 – Adão Iturrusgarai
485. Sermões do Padre Antonio Vieira
486. Garfield numa boa (4) – Jim Davis
487. Mensagem – Fernando Pessoa
488. Vendeta *seguido de* A paz conjugal – Balzac
489. Poemas de Alberto Caeiro – Fernando Pessoa
490. Ferragus – Honoré de Balzac
491. A duquesa de Langeais – Honoré de Balzac
492. A menina dos olhos de ouro – Honoré de Balzac
493. O lírio do vale – Honoré de Balzac
494(17). A barcaça da morte – Simenon
495(18). As testemunhas rebeldes – Simenon
496(19). Um engano de Maigret – Simenon
497(1). A noite das bruxas – Agatha Christie
498(2). Um passe de mágica – Agatha Christie
499(3). Nêmesis – Agatha Christie
500. Esboço para uma teoria das emoções – Sartre
501. Renda básica de cidadania – Eduardo Suplicy
502(1). Pílulas para viver melhor – Dr. Lucchese
503(2). Pílulas para prolongar a juventude – Dr. Lucchese
504(3). Desembarcando o diabetes – Dr. Lucchese
505(4). Desembarcando o sedentarismo – Dr. Fernando Lucchese e Cláudio Castro
506(5). Desembarcando a hipertensão – Dr. Lucchese
507(6). Desembarcando o colesterol – Dr. Fernando Lucchese e Fernanda Lucchese
508. Estudos de mulher – Balzac
509. O terceiro tira – Flann O'Brien
510. 100 receitas de aves e ovos – J. A. P. Machado
511. Garfield em toneladas de diversão (5) – Jim Davis
512. Trem-bala – Martha Medeiros
513. Os cães ladram – Truman Capote
514. O Kama Sutra de Vatsyayana
515. O crime do Padre Amaro – Eça de Queiroz
516. Odes de Ricardo Reis – Fernando Pessoa
517. O inverno da nossa desesperança – Steinbeck
518. Piratas do Tietê (1) – Laerte
519. Rê Bordosa: do começo ao fim – Angeli

520. O Harlem é escuro – Chester Himes
521. Café-da-manhã dos campeões – Kurt Vonnegut
522. Eugénie Grandet – Balzac
523. O último magnata – F. Scott Fitzgerald
524. Carol – Patricia Highsmith
525. 100 receitas de patisseria – Sílvio Lancellotti
526. O fator humano – Graham Greene
527. Tristessa – Jack Kerouac
528. O diamante do tamanho do Ritz – S. Fitzgerald
529. As melhores histórias de Sherlock Holmes – Arthur Conan Doyle
530. Cartas a um jovem poeta – Rilke
531(20). Memórias de Maigret – Simenon
532(4). O misterioso sr. Quin – Agatha Christie
533. Os analectos – Confúcio
534(21). Maigret e os homens de bem – Simenon
535(22). O medo de Maigret – Simenon
536. Ascensão e queda de César Birotteau – Balzac
537. Sexta-feira negra – David Goodis
538. Ora bolas – O humor de Mario Quintana – Juarez Fonseca
539. Longe daqui aqui mesmo – Antonio Bivar
540(5). É fácil matar – Agatha Christie
541. O pai Goriot – Balzac
542. Brasil, um país do futuro – Stefan Zweig
543. O processo – Kafka
544. O melhor de Hagar 4 – Dik Browne
545(6). Por que não pediram a Evans? – Agatha Christie
546. Fanny Hill – John Cleland
547. O gato por dentro – William S. Burroughs
548. Sobre a brevidade da vida – Sêneca
549. Geraldão (1) – Glauco
550. Piratas do Tietê (2) – Laerte
551. Pagando o pato – Ciça
552. Garfield de bom humor (6) – Jim Davis
553. Conhece o Mário? vol.1 – Santiago
554. Radicci 6 – Iotti
555. Os subterrâneos – Jack Kerouac
556(1). Balzac – François Taillandier
557(2). Modigliani – Christian Parisot
558(3). Kafka – Gérard-Georges Lemaire
559(4). Júlio César – Joël Schmidt
560. Receitas da família – J. A. Pinheiro Machado
561. Boas maneiras à mesa – Celia Ribeiro
562(9). Filhos sadios, pais felizes – R. Pagnoncelli
563(10). Fatos & mitos – Dr. Fernando Lucchese
564. Ménage à trois – Paula Taitelbaum
565. Mulheres! – David Coimbra
566. Poemas de Álvaro de Campos – Fernando Pessoa
567. Medo e outras histórias – Stefan Zweig
568. Snoopy e sua turma (1) – Schulz
569. Piadas para sempre (1) – Visconde da Casa Verde
570. O alvo móvel – Ross Macdonald
571. O melhor do Recruta Zero (2) – Mort Walker
572. Um sonho americano – Norman Mailer
573. Os broncos também amam – Angeli
574. Crônica de um amor louco – Bukowski
575(5). Freud – René Major e Chantal Talagrand
576(6). Picasso – Gilles Plazy
577(7). Gandhi – Christine Jordis
578. A tumba – H. P. Lovecraft
579. O príncipe e o mendigo – Mark Twain
580. Garfield, um charme de gato (7) – Jim Davis
581. Ilusões perdidas – Balzac
582. Esplendores e misérias das cortesãs – Balzac
583. Walter Ego – Angeli

584. Striptiras (1) – Laerte
585. Fagundes: um puxa-saco de mão cheia – Laerte
586. Depois do último trem – Josué Guimarães
587. Ricardo III – Shakespeare
588. Dona Anja – Josué Guimarães
589. 24 horas na vida de uma mulher – Stefan Zweig
590. O terceiro homem – Graham Greene
591. Mulher no escuro – Dashiell Hammett
592. No que acredito – Bertrand Russell
593. Odisséia (1): Telemaquia – Homero
594. O cavalo cego – Josué Guimarães
595. Henrique V – Shakespeare
596. Fabulário geral do delírio cotidiano – Bukowski
597. Tiros na noite 1: A mulher do bandido – Dashiell Hammett
598. Snoopy em Feliz Dia dos Namorados! (2) – Schulz
599. Mas não se matam cavalos? – Horace McCoy
600. Crime e castigo – Dostoiévski
601. (7). Mistério no Caribe – Agatha Christie
602. Odisséia (2): Regresso – Homero
603. Piadas para sempre (2) – Visconde da Casa Verde
604. À sombra do vulcão – Malcolm Lowry
605. (8). Kerouac – Yves Buin
606. E agora são cinzas – Angeli
607. As mil e uma noites – Paulo Caruso
608. Um assassino entre nós – Ruth Rendell
609. Crack-up – F. Scott Fitzgerald
610. Do amor – Stendhal
611. Cartas do Yage – William Burroughs e Allen Ginsberg
612. Striptiras (2) – Laerte
613. Henry & June – Anaïs Nin
614. A piscina mortal – Ross Macdonald
615. Geraldão (2) – Glauco
616. Tempo de delicadeza – A. R. de Sant'Anna
617. Tiros na noite 2: Medo de tiro – Dashiell Hammett
618. Snoopy em Assim é a vida, Charlie Brown! (3) – Schulz
619. 1954 – Um tiro no coração – Hélio Silva
620. Sobre a inspiração poética (Íon) e ... – Platão
621. Garfield e seus amigos (8) – Jim Davis
622. Odisséia (3): Ítaca – Homero
623. A louca matança – Chester Himes
624. Factótum – Charles Bukowski
625. Guerra e Paz: volume 1 – Tolstói
626. Guerra e Paz: volume 2 – Tolstói
627. Guerra e Paz: volume 3 – Tolstói
628. Guerra e Paz: volume 4 – Tolstói
629. (9). Shakespeare – Claude Mourthé
630. Bem está o que bem acaba – Shakespeare
631. O contrato social – Rousseau
632. Geração Beat – Jack Kerouac
633. Snoopy: É Natal! (4) – Charles Schulz
634. (8). Testemunha da acusação – Agatha Christie
635. Um elefante no caos – Millôr Fernandes
636. Guia de leitura (100 autores que você precisa ler) – Organização de Léa Masina
637. Pistoleiros também mandam flores – David Coimbra
638. O prazer das palavras – vol. 1 – Cláudio Moreno
639. O prazer das palavras – vol. 2 – Cláudio Moreno
640. Novíssimo testamento: com Deus e o diabo, a dupla da criação – Iotti
641. Literatura Brasileira: modos de usar – Luís Augusto Fischer
642. Dicionário de Porto-Alegrês – Luís A. Fischer
643. Clô Dias & Noites – Sérgio Jockymann
644. Memorial de Isla Negra – Pablo Neruda
645. Um homem extraordinário e outras histórias – Tchékhov
646. Ana sem terra – Alcy Cheuiche
647. Adultérios – Woody Allen
648. Para sempre ou nunca mais – R. Chandler
649. Nosso homem em Havana – Graham Greene
650. Dicionário Caldas Aulete de Bolso
651. Snoopy: Posso fazer uma pergunta, professora? (5) – Charles Schulz
652. (10). Luís XVI – Bernard Vincent
653. O mercador de Veneza – Shakespeare
654. Cancioneiro – Fernando Pessoa
655. Non-Stop – Martha Medeiros
656. Carpinteiros, levantem bem alto a cumeeira & Seymour, uma apresentação – J.D. Salinger
657. Ensaios céticos – Bertrand Russell
658. O melhor de Hagar 5 – Dik Browne
659. Primeiro amor – Ivan Turguêniev
660. A trégua – Mario Benedetti
661. Um parque de diversões da cabeça – Lawrence Ferlinghetti
662. Aprendendo a viver – Sêneca
663. Garfield, um gato em apuros (9) – Jim Davis
664. Dilbert 1 – Scott Adams
665. Dicionário de dificuldades – Domingos Paschoal Cegalla
666. A imaginação – Jean-Paul Sartre
667. O ladrão e os cães – Naguib Mahfuz
668. Gramática do português contemporâneo – Celso Cunha
669. A volta do parafuso seguido de Daisy Miller – Henry James
670. Notas do subsolo – Dostoiévski
671. Abobrinhas da Brasilônia – Glauco
672. Geraldão (3) – Glauco
673. Piadas para sempre (3) – Visconde da Casa Verde
674. Duas viagens ao Brasil – Hans Staden
675. Bandeira de bolso – Manuel Bandeira
676. A arte da guerra – Maquiavel
677. Além do bem e do mal – Nietzsche
678. O coronel Chabert seguido de A mulher abandonada – Balzac
679. O sorriso de marfim – Ross Macdonald
680. 100 receitas de pescados – Sílvio Lancellotti
681. O juiz e seu carrasco – Friedrich Dürrenmatt
682. Noites brancas – Dostoiévski
683. Quadras ao gosto popular – Fernando Pessoa
684. Romanceiro da Inconfidência – Cecília Meireles
685. Kaos – Millôr Fernandes
686. A pele de onagro – Balzac
687. As ligações perigosas – Choderlos de Laclos
688. Dicionário de matemática – Luiz Fernandes Cardoso
689. Os Lusíadas – Luís Vaz de Camões
690. (11). Átila – Éric Deschodt
691. Um jeito tranqüilo de matar – Chester Himes
692. A felicidade conjugal seguido de O diabo – Tolstói
693. Viagem de um naturalista ao redor do mundo – vol. 1 – Charles Darwin
694. Viagem de um naturalista ao redor do mundo – vol. 2 – Charles Darwin
695. Memórias da casa dos mortos – Dostoiévski

696. **A Celestina** – Fernando de Rojas
697. **Snoopy: Como você é azarado, Charlie Brown! (6)** – Charles Schulz
698. **Dez (quase) amores** – Claudia Tajes
699. (9).**Poirot sempre espera** – Agatha Christie
700. **Cecília de bolso** – Cecília Meireles
701. **Apologia de Sócrates** precedido de **Êutifron e** seguido de **Críton** – Platão
702. **Wood & Stock** – Angeli
703. **Striptiras (3)** – Laerte
704. **Discurso sobre a origem e os fundamentos da desigualdade entre os homens** – Rousseau
705. **Os duelistas** – Joseph Conrad
706. **Dilbert (2)** – Scott Adams
707. **Viver e escrever** (vol. 1) – Edla van Steen
708. **Viver e escrever** (vol. 2) – Edla van Steen
709. **Viver e escrever** (vol. 3) – Edla van Steen
710. (10).**A teia da aranha** – Agatha Christie
711. **O banquete** – Platão
712. **Os belos e malditos** – F. Scott Fitzgerald
713. **Libelo contra a arte moderna** – Salvador Dalí
714. **Akropolis** – Valerio Massimo Manfredi
715. **Devoradores de mortos** – Michael Crichton
716. **Sob o sol da Toscana** – Frances Mayes
717. **Batom na cueca** – Nani
718. **Vida dura** – Claudia Tajes
719. **Carne trêmula** – Ruth Rendell
720. **Cris, a fera** – David Coimbra
721. **O anticristo** – Nietzsche
722. **Como um romance** – Daniel Pennac
723. **Emboscada no Forte Bragg** – Tom Wolfe
724. **Assédio sexual** – Michael Crichton
725. **O espírito do Zen** – Alan W.Watts
726. **Um bonde chamado desejo** – Tennessee Williams
727. **Como gostais** – Shakespeare
728. **Tratado sobre a tolerância** – Voltaire
729. **Snoopy: Doces ou travessuras? (7)** – Charles Schulz
730. **Cardápios do Anonymus Gourmet** – J.A. Pinheiro Machado
731. **100 receitas com lata** – J.A. Pinheiro Machado
732. **Conhece o Mário?** vol.2 – Santiago
733. **Dilbert (3)** – Scott Adams
734. **História de um louco amor** seguido de **Passado amor** – Horacio Quiroga
735. (11).**Sexo: muito prazer** – Laura Meyer da Silva
736. (12).**Para entender o adolescente** – Dr. Ronald Pagnoncelli
737. (13).**Desembarcando a tristeza** – Dr. Fernando Lucchese
739. **A última legião** – Valerio Massimo Manfredi
740. **As virgens suicidas** – Jeffrey Eugenides
741. **Sol nascente** – Michael Crichton
742. **Duzentos ladrões** – Dalton Trevisan
743. **Os devaneios do caminhante solitário** – Rousseau
744. **Garfield, o rei da preguiça (10)** – Jim Davis
745. **Os magnatas** – Charles R. Morris
746. **Pulp** – Charles Bukowski
747. **Enquanto agonizo** – William Faulkner
748. **Aline: viciada em sexo (3)** – Adão Iturrusgarai
749. **A dama do cachorrinho** – Anton Tchékhov
750. **Tito Andrônico** – Shakespeare
751. **Antologia poética** – Anna Akhmátova
752. **O melhor de Hagar 6** – Dik e Chris Browne
753. (12).**Michelangelo** – Nadine Sautel
754. **Dilbert (4)** – Scott Adams
755. **O jardim das cerejeiras** seguido de **Tio Vânia** – Tchékhov
756. **Geração Beat** – Claudio Willer
757. **Santos Dumont** – Alcy Cheuiche
758. **Budismo** – Claude B. Levenson
759. **Cleópatra** – Christian-Georges Schwentzel
760. **Revolução Francesa** – Frédéric Bluche, Stéphane Rials e Jean Tulard
761. **A crise de 1929** – Bernard Gazier
762. **Sigmund Freud** – Edson Sousa e Paulo Endo
763. **Império Romano** – Patrick Le Roux
764. **Cruzadas** – Cécile Morrisson
765. **O mistério do Trem Azul** – Agatha Christie
766. **Os escrúpulos de Maigret** – Simenon
767. **Maigret se diverte** – Simenon
768. **Senso comum** – Thomas Paine
769. **O parque dos dinossauros** – Michael Crichton
770. **Trilogia da paixão** – Goethe
771. **A simples arte de matar** (vol.1) – R. Chandler
772. **A simples arte de matar** (vol.2) – R. Chandler
773. **Snoopy: No mundo da lua! (8)** – Charles Schulz
774. **Os Quatro Grandes** – Agatha Christie
775. **Um brinde de cianureto** – Agatha Christie
776. **Súplicas atendidas** – Truman Capote
777. **Ainda restam aveleiras** – Simenon
778. **Maigret e o ladrão preguiçoso** – Simenon
779. **A viúva imortal** – Millôr Fernandes
780. **Cabala** – Roland Goetschel
781. **Capitalismo** – Claude Jessua
782. **Mitologia grega** – Pierre Grimal
783. **Economia: 100 palavras-chave** – Jean-Paul Betbèze
784. **Marxismo** – Henri Lefebvre
785. **Punição para a inocência** – Agatha Christie
786. **A extravagância do morto** – Agatha Christie
787. (13).**Cézanne** – Bernard Fauconnier
788. **A identidade Bourne** – Robert Ludlum
789. **Da tranquilidade da alma** – Sêneca
790. **Um artista da fome** seguido de **Na colônia penal e outras histórias** – Kafka
791. **Histórias de fantasmas** – Charles Dickens
792. **A louca de Maigret** – Simenon
793. **O amigo de infância de Maigret** – Simenon
794. **O revólver de Maigret** – Simenon
795. **A fuga do sr. Monde** – Simenon
796. **O Uraguai** – Basílio da Gama
797. **A mão misteriosa** – Agatha Christie
798. **Testemunha ocular do crime** – Agatha Christie
799. **Crepúsculo dos ídolos** – Friedrich Nietzsche
800. **Maigret e o negociante de vinhos** – Simemon
801. **Maigret e o mendigo** – Simenon
802. **O grande golpe** – Dashiell Hammett
803. **Humor barra pesada** – Nani
804. **Vinho** – Jean-François Gautier
805. **Egito Antigo** – Sophie Desplancques
806. (14).**Baudelaire** – Jean-Baptiste Baronian
807. **Caminho da sabedoria, caminho da paz** – Felizitas von Schönborn
808. **Senhor e servo e outras histórias** – Tolstói
809. **Os cadernos de Malte Laurids Brigge** – Rilke
810. **Dilbert (5)** – Scott Adams
811. **Big Sur** – Jack Kerouac
812. **Seguindo a correnteza** – Agatha Christie
813. **O álibi** – Sandra Brown
814. **Montanha-russa** – Martha Medeiros

ENCYCLOPÆDIA é a nova série da Coleção L&PM Pocket, que traz livros de referência com conteúdo acessível, útil e na medida certa. São temas universais, escritos por especialistas de forma compreensível e descomplicada.

PRIMEIROS LANÇAMENTOS: **A crise de 1929**, Bernard Gazier – **Budismo**, Claude B. Levenson – **Cleópatra**, Christian-Georges Schwentzel – **Cruzadas**, Cécile Morrisson – **Geração Beat**, Claudio Willer – **Império Romano**, Patrick Le Roux – **Revolução Francesa**, Frédéric Bluche, Stéphane Rials e Jean Tulard – **Santos Dumont**, Alcy Cheuiche – **Sigmund Freud**, Edson Sousa e Paulo Endo – **Economia: 100 palavras-chave**, Jean-Paul Betbèze – **Acupuntura**, Madeleine Fiévet-Izard, Madeleine J. Guillaume e Jean-Claude de Tymowski – **Alexandre, o grande**, Pierre Briant – **Cabala**, Roland Goetschel – **Capitalismo**, Claude Jessua – **Egito Antigo**, Sophie Desplancques – **Escrita chinesa**, Viviane Alleton – **Existencialismo**, Jacques Colette – **Guerra Civil Americana**, Farid Ameur – **História de Paris**, Yvan Combeau – **Impressionistas**, Dominique Lobstein – **Islã**, Paul Balta – **Jesus**, Charles Perrot – **Marxismo**, Henri Lefebvre – **Mitologia grega**, Pierre Grimal – **Nietzsche**, Jean Granier – **Tragédias gregas**, Pascal Thiercy – **Vinho**, Jean-François Gautier

L&PM POCKET ENCYCLOPÆDIA
Conhecimento na medida certa

IMPRESSÃO:

Pallotti
GRÁFICA EDITORA
IMAGEM DE QUALIDADE

Santa Maria - RS - Fone/Fax: (55) 3220.4500
www.pallotti.com.br